苏豆芽

作品

我活得任性，所以我也喜欢你任性

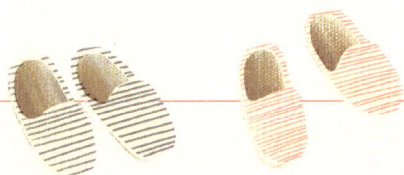

I HONESTLY
LOVE YOU

甜炸了！

曲折又现实的 恋爱成长史

北京联合出版公司
Beijing United Publishing Co.,Ltd.

给 我 的 小 诗 人 ， 苏 先 生

已婚少女苏豆芽的二十二个侧写

苏先生

1

她好像还没学会做一个妻子，指着我 iPad 屏幕上青春剧里正在说话的少女演员满眼含泪地说："你看你看，我还觉得我就是这样的呢。"

2

每晚抱着一本书入睡，有时候她喜欢俄国那种超有写实能力的作家，有时候又喜欢上中国那种精致的老作家。

她喜欢的书总是买精装本，很结实，有段时间她喜欢海子的诗歌，买到的是一本 1100 多页的，也抱在怀里。我常乐此不疲地偷偷把书拿走，心想别硌断了哪根骨头，北京的救护车又没那么快到达。但是只要我一拿开，她就醒了，好像她梦里就连着书里的故事一样。

3

她遇到她母亲的事情，就束手无策，失去了所有的智商，那个自信的妇女在这位女儿心中种下的多数东西，都无法用科学去阐释。她害怕接到她母亲的电话，但是又偷偷录制自己弹吉他的视频发给她父亲，时不时在她父亲那里问母亲的近况，她母亲听见了就夺过去电话和她聊一会儿，她就把电话给我，让我陪她母亲聊。

这时候就看到她特脆弱的一面，除此之外呢，她时常理性得有些可恶，时常咄咄逼人。

4

总是偷偷给我送礼物，比如我加薪了啊，写了新文章啊，或者某篇小说被她无意中看到了，她惊叹了，就跟我说，她又爱上我了。

有次我生日，她自己跑出去买礼物给我，我去剪头发，半道被我碰到了，看她鬼鬼祟祟的，我说，你干啥呢，偷什么了？她吓哭了。

有时候她像个魔鬼，一早起来就发火，连续对我暴击，我就突生杀意，欲除之而后快，有时候又像个精灵，简直能制造无敌的甜意，不知道她是什么来路，研究不清楚，只要一想就头疼，实在是没什么规律。

5

她的神经质有时候让我喜欢得欲罢不能，马路上走得好端端的就说，这是我的树。我说这怎么是你的树了，这是国家的树。她说就是她的树，精神上的。我说好吧，你的就你的吧，每次走过那棵树，总是看啊看，我想问问她和这树有啥故事，后来想想算了，等她自己主动想说了再说吧。

6

她睡觉的时候可能因为血压不足吧，平躺时总是把膝盖弯起来，像个兔子。她也总堵鼻子，所以喜欢温度高一点儿，比如她睡觉时喜欢贴着我，我就推开再推开，她还是黏过来。于是我们春冬有暖气了就分开睡，一个人一个屋子，夏秋开空调就多数时候睡在一起。

7

之前有段时间她总是无来由地就打电话来让我写诗赞美她，我没办法，因为她嫁给我的时候我全身上下只有两千元，你说这么一个傻女人，不满足她这点需求，我还干吗娶她，于是就写呗，每首她都喜欢，喜欢得用笔手抄下来，有的还打印装裱了。

后来我每年情人节都给她写诗，省了不少买花的钱。

8

我问她为什么嫁给我啊，她说自己叛逆呗。说嫁我这样的浑蛋很拉风，不一样，有挑战。

其实我心里不信她这个解释，我觉得她嫁给我是因为她想她的孩子三代以内有希望得诺贝尔文学奖。

9

别以为她是家庭主妇，就不过周末了，她的周末异常隆重。

周五下午她一定早早地在微信上说："周末约了吗？"

看我不回，她就一连轰炸好多表情。

我说："约了。"

她说："谁啊？"

我说："没有约。"

她就说："那好，那我约你了哦。"

然后她就拍家里的照片给我，说都收拾好了，等你过周末。

她喜欢做家务真是醉了，我没听过有人这么喜欢做家务的，她说做家务减压，经常把家里重新整一遍，多数时候都能搞完，有时候她就高估了自己的体能，整一半时就体力不支，放弃了，我回到家就没地方睡觉，我特不喜欢生活的环境经常有变化，就怒气丛生。也不知道她七十斤的体重怎么把沙发书柜搬到楼道里去的，我怀疑她是不是还有个隐形的男朋友。

我觉得没有女人像她这么重视周末的，只要我周末没有陪她，下一周她肯定要找个时候对我哭一场。她的陪和我理解的陪还不一样，我理解的是两人在一起就行，她的陪就是注意力要在她身上，这每次都很难为我，因为她听的歌、看的剧、看的书，和我完全不一样。

周末我习惯约她出去，像情侣那样吃饭喝咖啡或者去电影院，我和她一般去比较固定的地方，秋天去北三里屯，那一片的树叶子好看，夏天就去来福士，冬春一般去库布里克。吃饭的时候，她就没收了我的手机，让我看着她，我浑身难受，所以每次我带一本书，看书她就不管我了，结果后来她学会了，每次也带本书，我看她每次看书，我就不看了，我坐着发呆。

有次因为我连续两个月的周末坐在书桌前写小说，没有陪她过周末，她生气了，于是用十几个小时写了一篇长度和用两个月的周末写出来的一样的小说来虐我。扔过来让我看，我看完后觉得我两个月的周末真是不值得啊，被十几个小时写出来的文团灭了。题材、写法、结构三个维度都胜我一筹。于是这个周末我乖乖陪她了，只有她不需要时我才看了看书。她说："别以为就你会写小说。"

10

因为周日到周四的第二天我上班，所以我们俩分屋子睡，于是周五晚上她就跑过来和我一起睡了，睡前就必须看《蜡笔小新》，或者《小猪佩奇》，我一看这俩就困，一会儿就睡着了。第二天起床后，我就看见她在豆瓣上发了一张蜡笔小新的截图，台词就是"当家庭主妇一定很辛苦吧"。

有段时间她喜欢听故事，我就买了《21世纪中国最佳短篇小说》和"短经典"系列丛书，每天我看一篇晚上给她讲，后来她自己买了绘本《世界上最大的蛋糕》和《雨河》让我给她讲，前一本讲完她每次都喊，好有爱呀，好有爱呀，后面的一本每次讲完她就忧愁，说她喜欢下雨天，从小喜欢下雨天。

11

我之前发朋友圈，发她照片，从来不修图，我觉得真实才好看，经常发一些搞怪的特丑的照片，她每次都生气，说她发我的时候发的图都是找好角度，发最帅的，发到最后她同学都说她嫁了个帅老公。然后问我，问我同学是不是觉得怎么娶这么丑一个老婆啊，是不是觉得她配不上我啊？有没有？有没有？我说我的女同学们都知道我喜欢的是内涵，她这才满意。

12

回她家，她爸爸总是喜欢给我拿出她小时候的照片看，讲是几岁去的什么地方，照片上的她总是拉着脸，在生气，我说这是个一路生气的小孩呀，她爸爸就说，她五岁的时候最好玩，要是一直五岁就好了，就天天陪在我身边。我看着老丈人都快哭了，我心想，我对你女儿也挺好的呀，没虐待她啊。

13

她家的亲戚、父母都特害怕她，我也不知道之前发生过什么，反正一群东北老爷们在她面前总是毕恭毕敬的，没一个敢撒野的，我问她，为什么呢？她说她脾气大啊，从小生气，人都不敢惹她。

14

吵架时，她吵不过，就哭着说："气死我了，气死我了，气得发抖了都。"这都成为我俩吵架结束的标志语言了，每次吵不到她词穷，她是不会说"气死我了，气死我了"的。

15

到现在，她还害怕过马路，每次过马路时都大喊大叫，而且闭上眼睛大喊大叫，紧紧抓我的手，吓得手心里都冒汗了。

16

从来不吃剩菜，一口不吃，做菜对食材要求很高，为了不破坏食材的味道，菜都没什么味道。我每次吃的时候不想吃，也不敢说话，我怕她把锅扔了，因为她说她姐夫觉得她姐姐做的菜不好吃，她姐姐知道后就把锅扔了。

17

她很注重保健，做瑜伽，还去学舞蹈。每天不笑，笑得多了说是长皱纹，我就逗她笑，她忍不住时就用手撑着脸笑。

18

她有一床的毛绒玩具，长得奇奇怪怪的，每个都被起了新名字，她倒是很公平，每个都会抱着玩几天。

喜欢一段时间玩一种东西，玩过布艺，那段时间纳鞋底，还买了缝纫机，后来养鱼、养花，有段时间还下象棋，最后跌入多肉和手账的大坑里了，现在每天开始弹吉他。有段时间还迷恋建筑史、博物学、人体解剖。

19

她很讨厌挠背，我皮肤干，时常背痒，谈恋爱的时候她还象征性地挠几把，现在结了婚，她理都不理了，有时候我说了好几句了，过一分钟，她就拿着润肤露给我涂，我说没经过我同意，你涂什么涂。其实她挠的时候，时常也挠不到点子上，我说她这方面的天分真是太差了。她怼我说差差差，别烦我。

20

她时常很容易生气，见不得惨，新闻啊，电影里有惨的画面不敢给她看，看了肯定会梦到。她还喜欢哭，有时候她生气了，哭三四小时，连同她自己的其他委屈还有人生的不快乐一起哭，哭累了就睡着了。但是没睡着的时候，就过来掐我，揍我，然后让我写检讨，还专门给我准备了检讨本，她自己有一个记仇本。

写检讨书这种事能难倒我吗，但是我对纸张和笔是很挑剔的，有时候我就是不想写，她就给我扮仇家，翻旧债，忆苦，我受不了这个。

21

烤面包只是为了好看，烤出来后就装到买的各色花样的盘子里，放着。我以为是假的呢，过去捏一下，是真面包。

22

不喜欢一切会说话的东西，喜欢各种没有生命的物体。

2017 年 10 月 15 日

CHAPTER 1

婚后

第五年的

生活

长大以后，我变成了一个很会做噩梦的女子。

　　在跟苏先生谈恋爱的第一年，我们在晨光中醒来，望着身边的彼此惊出一身冷汗。

　　苏先生："我做噩梦了。"

　　我："我也是。"

　　苏先生："你梦见什么了？"

　　我："身后有怪兽追我，我还要一边跑一边做英语完形填空题。你呢？"

　　苏先生："数学考试没带笔。"

　　我扑进他的怀里，他紧紧地抱着我，两个人沉默不语，有一种生死相依的感觉。

现如今是我们谈恋爱的第七年，婚后第五年。我还是那个会做噩梦的女子。

苏先生每天早上都穿得帅帅的去上班。刚洗完澡的小脸白净冒着热乎气，头发浓密乌黑，吹得蓬松柔软。他喜欢穿白衬衣配一件老头衫，永远都是同一款深色牛仔裤，因为穿着舒服就一次买了好几条。他坐下来喝一杯白开水，吃一条牛肉干作为早餐，一边吃还要一边翻看一本书。

他刚刚迈进三十岁还不到半年，整个人却是一副老年人的做派。出去吃饭喝水要特意跟服务员要烫嘴儿的，买衣服先看着宽松舒服然后才是好不好看。他五年前戒了烟，喝不了酒，吃外卖胃不舒服，喜欢家里炖得软烂的热乎的、汤汤水水的食物。去演唱会气氛太嗨心脏受不了，假期更懒得去人多的热门城市旅游。他原本不近视的，这一年用眼过度感到视线模糊，配了眼镜，还挑了一款黑边镜框。

每天早上的我一般都是被他制造的噪声吵醒。整个人冒着起床气，闭着眼睛伸手摸到床头柜上的眼药水，狠心滴下两滴。然后清醒，起床。

我给自己冲一杯维生素泡腾片水或者叶绿素水，坐在苏先生对面，等待毛躁感慢慢散去。

他喝完白开水吃完牛肉干就会整理背包。棕色小牛皮邮差包是我送给他的生日礼物。用得久了形成一层包浆，越发显得色泽温润手感绵软。然后他换上一双鞋子，他每天都要换上一双鞋子。因此他有一大排春夏秋冬都能穿的单皮鞋（比我的鞋子还多），再穿上外套，背上包。

这个时候，我才真正醒过来。我会整个人扑上他的大腿，坐在他的一只脚上喊："你穿这么帅要去哪儿？"

苏先生穿长款大衣的样子，帅成一个老干部。

他知道我已经没有起床气了，就会推开我，嘴里说着："滚。"

然后一步一拖地，把我像块狗皮膏药一样从他腿上扯下来，飞速离开。

我拿起手机给他发微信："不开心。"

苏先生："乖。"

我："不乖。"

苏先生："在家好好玩。"

我："不要。"

苏先生："那你想干什么就干什么。"

我："那你要早点儿回来。"

苏先生："不一定。"

我：（回复二十个甜甜私房猫撒泼打滚的表情。）

自从辞职在家做全职太太之后，我跟苏先生的作息时间有了偏差。我凌晨两三点钟才睡，经常中午十二点到两点之间起床。苏先生早上十点前就出门了，晚上应酬到深夜，回来就已经累倒要睡觉。

夜里无眠的我，看着身边睡得香甜的苏先生，不敢乱翻身担心吵醒他，干瞪眼一直到天亮。后来我提议两个人分房睡，各自有一个独立的房间。我夜里睡不着就看剧看小说。两个人互不打扰。

我如果睡到中午十二点，起床之后苏先生早已经出门了。水杯旁有一个牛肉干的真空包装，凄凉寂寞地摆在餐桌上，是苏先生晨间活动的证据。

吃过一大把红黄绿的各种药片，喝过黑豆豆浆、香蕉和白煮蛋打成的糊状早餐，我开始了一整天的无所事事。中午给自己做简单的饭菜，看书，看剧，发呆，把衣服扔进滚筒洗衣机里洗。直到下午五六点钟，我开始兴奋地准备晚餐。

经常饭菜都要准备好了，苏先生才发来一条微信给我："开会，你自己先吃。"

我整个人就像那条牛肉干脱下来的真空包装一样，可怜巴巴地寂寞着。

他即便是在回来吃晚饭的日子里，也经常一边看着手机一边吃饭。吃完饭回到房间里继续对着手机，要不然就换成 iPad，或者看一本书。苏先生工作忙碌，晚上十一二点还在微信上谈工作也是常事。就算没有什么事，他累了之后也没有心情搭理我。

我："老公，你干吗呢？"
苏先生："聊微信。"

我："老公，你干吗呢？"
苏先生："随便看看（国产电视剧）。"

我（敲卫生间的门）："老公，你干吗呢？"
苏先生："拉屎。"
我："拉得好吗？"
苏先生："滚。"

我（凌晨三点蹑手蹑脚地来到苏先生床前）："老公，老公，老公，你睡着了吗？老公，老公？"

苏先生："嗯？怎么了？"

我："没事，我就问问你睡着没。"

苏先生："哦，上来一起睡。"

我："不了，我回去了。晚安。"

苏先生："……"

早上闹钟响了。

苏先生拿着手机站在我房间门口问："这才几点啊，你定闹钟干什么？"

我："哦，我想早点儿起来给你做早餐，不然每天早上都见不到你。"

苏先生："那你定了闹钟，手机放我屋里干吗？"

我："哦，我忘了。别烦，我没睡醒呢。"（翻身继续睡）

苏先生："……"

给苏先生发信息："老公，我心口痛。"

苏先生："怎么了？"

我："想你。"

苏先生："乖。我尽量早点儿回去。"

给苏先生发信息："老公，你什么时候回来？我被电到了。"

苏先生："你没事吧，我马上回来。"

我："嗯，你别太着急，就是房间太干燥了，衣服起静电。"

苏先生："嗯，我马上回来。"

给苏先生发小黄图，略污的可爱小表情。

苏先生："你在哪儿弄来的这种图片，赶紧删了。万一哪天你跟别的男人聊天不小心发错了。"

买一套简易手机三脚架蓝牙自拍器，拍一堆露肩膀的照片发朋友圈，配文：摄影作品——留守儿童。

苏先生评论："露肩膀给谁看！"

买好几套死水库清纯诱惑泳衣，大冬天晚上洗完澡之后换上。

苏先生："我的天，你可别冻感冒了。"

关西襟水手服，灰格短裙，过膝袜，双马尾。

苏先生："老婆，你少吃点儿你买的那些补品药片吧。我白天在外面忙得很累，晚上回来还得伺候你。"

苏先生："老婆，你要是整天在家心情不好，你就多出去走走。"

我："你什么意思？我神经病是不是？"

苏先生："我没那个意思。"

我大学班长来北京出差，顺路来看我，苏先生陪着一起吃了饭。

我："我同学听说你跟我一般大，他特别吃惊。是不是你今天穿得太显老了啊？"

苏先生："我每天都这样穿啊！"

我一脸嫌弃地看着他的老头衫，说："也不知道谁传出去的，说我嫁了一个比我大十几岁的男人。咱俩明明同岁啊！我记得好几年前就有人以为你都三十多了吧？"

苏先生照镜子开始怀疑："我真的有那么显老吗？"

他这么一提，我才开始仔细打量他。苏先生这几年外貌变化有点儿大。

我们刚认识的时候，他很瘦，脸上棱角分明，总是拧个眉头没好气的样子。现在呢，他已经变成公认的好人，脸上没有了戾气。五年前开始创业做公司的时候，他就使劲儿把自己往沉稳里打扮，生怕别人觉得他还是个小孩儿。现在算是刹不住车了。而我呢？最近睡得有点儿多，皮肤显得好，甚至比刚遇见他的时候还要好看了。

我："我越来越年轻了啊。"

苏先生一脸得意："那可不，瞧我把你养活的，多水灵！男人和女人的区别就是这样的。你看咱家小区门口那个小花园里，东边那片都是一帮神气活现的老太太，给儿子看孩子的，一个个嗓门特别高，气色也好。你看西边那帮老头儿，都坐轮椅上，要不就拎个鸟笼沉默着，大冬天待在家里寂寞，再冷也要在外面坐着。那些早逝的老头儿都留下这些身强体壮的女人，那些早逝的女人们啊，留下了一些干枯寂寞的老头儿。"

我："瞧你说的，好像我们女人都把你们男人给累坏了。"

苏先生："每个作天作地的小女孩身后都有一个为她买单的老男人，

不是你爸就是我。"

我眼睛一热，挨近他怀里。

看着镜子里成熟稳重的苏先生和总是仰脸朝天的我，忽然感到一阵酸楚。那个飞扬跋扈的少年哪里去了呢？那个任性妄为的小女生都还在啊！

我说："我知道了，老公。以后我不作了。等你六十多岁更年期的时候，你怎么作我都由着你哈。以后你儿子要是敢顶撞你，我就站在你这边，我就说：'放肆，给我跪下。'"

苏先生："他顶撞我怎么要给你跪下？"

我："哦，我就说：'放肆，还不给我老头儿跪下。'"

苏先生："哈哈……"

我："以后我给你生两个儿子，一个女儿。一个儿子负责养家糊口，两岁半就拖出去参加综艺节目、拍电视剧、拍婴儿用品广告，让你早点儿退休；女儿会爬的时候我就教她给你洗袜子，伺候你，长大以后也一直留在你身边照顾你。"

苏先生："你想得美，女儿那么听你的话？"

我："没事，她是老二，中间的孩子都缺爱，为了讨好我，让她干什么她都愿意。"

苏先生："哈哈……那还有老三呢？"

我："小儿子扔给你玩，教他看书写字，负责咱家三代以内得个诺贝尔文学奖。不够，还得再生一个儿子，放养，爱干什么干什么，专门负责气你，跟你作对，抢你风头。然后我就站出来说：'放肆，还不给我老头儿跪下。'"

苏先生："哈哈……"

夜里我睡不着，翻出以前的日记和照片。

在这之前我还没有意识到自己已经拥有一段长达七年的情感关系。我跟苏先生，于 2009 年 12 月 8 日相遇。那天是我来北京的第一天，他也是我在北京认识的第一个人。

也有可能，是我不敢往回看。他是我的一枚硬币，正面是幸运，反面是磨难。

七年并不是多么久远的时间，大脑能回忆起来的应该都是真的。

只是，回忆会选择硬币的哪一面呢？

CHAPTER 2

离开
昆明
去
北京

1. **爱看书的我**

我从小就是个爱折腾又别扭的人。

有一天我在家对镜反省人生，领悟到这一切可能是由于十二三岁时迟迟不来的发育和后来迟迟不肯结束的青春期。

谈恋爱的时候，我劝苏先生娶我。苏先生沉吟了一会儿，说："你胸太小。"

我："我第一次发育的时候，偏食厌食，没有发育好。不过你放心，我马上就会开始第二次发育，结婚之后我的胸就会长大了。"

苏先生当时年少无知，他说："那好吧。"

结婚第五年，苏先生晚上睡觉睡到一半乱摸我。我翻过身去，他又摸我后背，然后说："老婆，不信你自己摸摸，正面反面真的完全一样！"

我："你走开。贫乳即王道，像我这样的女人怎么能有胸呢？"

我小时候，每年冬天我妈都带我去工厂锅炉房的澡堂子里洗澡。约上几个邻居，给烧锅炉的大爷买一条烟。在水汽蒸腾里，我见过那些老女人的乳房，几乎耷拉到了肚皮上。而还在读中学的邻居大姐姐，两颗乳房像我家毛桃树上那年突然结出来的两个大果子，青涩坚硬，令人惊奇。

在学校里，女孩子们扎堆窃窃私语的时候，我都自己抱着一本《简·爱》看，已经看到第三遍了。我的身体没有发生任何变化，我不跟她们玩，我把所有的希望都寄托于书里那句话：虽然我矮小，瘦弱，相貌平平，但当我们的灵魂穿过坟墓站在上帝面前时，我们是平等的。

看书是我小时候最开心的事情。

从上小学开始，每次开学课本一发下来，我便急不可耐地一本接着一本看，从放学看到晚饭，从饭后看到夜深，最后连包书皮的力气都没有，仰面躺在炕上，在疲倦中发出长长的叹息。

我妈总说我："小小年纪怎么老唉声叹气的？"

我："都看完了，又没有书可看了。"

那时候的我，捡到一张带字的破纸也要读一读。

我记得很清楚，小学二年级假期，我开始跟我爸抢书看。工厂里的阿姨们经常从废纸堆里收拾出一些完整的书籍，见到我爸就递给他。我爸把书拿回家看，见我直勾勾地望着书，就对我说："这是大人看的书，你看不懂。"

等我看完了一整本《新华字典》之后，我就颤抖着把手伸向了那泛黄的旧书堆——《东周列国志》《七侠五义》《水浒传》《西游记》《十大元帅十大将》等，还有一套一套的武侠小说。

我随我爸，爱躺着看书。拿起书来就放不下，终于憋不住了才急急忙忙往卫生间跑。那时候家里的卫生间在院子尽头，离着房子好远呢，憋得我肚子疼只能弯着腰小跑。

我还随我爸的脾气。一套五本的武侠小说，我跟他抢着看，两个臭脾气的人直接急赤白脸地吵起来。我抢不过他，只好从第二本开始看，看不明白也硬着头皮往下看。

我放学回家哪儿也不去，就着急做完作业之后看小说，放假也不出去玩，就是看书。

我爸都是这么劝我的："你出去玩玩呗？"

我在我爸心里一直都是一个怪咖。

所以，当高考结束之后，填写大学志愿的时候，我爸看了我填写的学校，说："爸问问你，为什么都要去那么远的地方呢？"

我说："我就是想离家远远的。"

我爸标注了我报考的那些学校所在的城市，比量着地图问我："离家这么远，能行吗？"

我："没问题。"

我爸就再没多问。

我如愿去了云南读大学，从东北到西南，几乎穿过整个中国大地。

我读的是文学院汉语言文学专业。班主任让我们班承包了图书馆期刊阅览室的管理工作。每到晚上，不管是不是到我轮班，我都泡在新刊阅览室里。那里有全中国所有级别的文学刊物，我看得最多的还是每一期的《小说选刊》《收获》《人民文学》和《当代》。也是在那个时候，我读到迟子建老师的《世界上所有的夜晚》。

除了泡在学校的期刊室，就是去昆明翠湖边上的云南省图书馆。我不喜欢往回借阅，就在图书馆里看，印象深刻的是二月河的全部作品。后来，图书馆里的书看腻了，我就去小西门的新知图书城看。书店里的座位少，有位置我就坐着看，没有位置就坐在台阶上看。我在新知图书城看了一整套《明朝那些事儿》和许多当时流行的小说。有一阵子还去师大附近的清华书屋，看完了唐师曾的所有作品。

大三那年，我在小西门的新知图书城里，看到摆放了很大面积的国家司法考试教材教辅书。我研究了一下，只要拥有本科学位，不是法学专业也具备报考资格。

我当时已经明白，看书不能当饭吃。我妈又时不时地因为我没有考取清华也没有考取北大而嘤嘤地哭泣。听说我并不准备考研究生，她又是一阵"嘤嘤嘤"地哭泣。我就给她说：我给你考一个国家司法考试的证书吧。这个考试特别难，全国只有不到百分之十的通过率，这个证书很管用，拿到了之后可以当律师。

大三后半年，全宿舍的人都准备考研，我也跟着她们一起去自习，看法学专业的教材。毕业之后，没有考上研究生的人开始准备考公务员，考不到公务员的开始找工作。我依然穿梭在云南省图书馆和新知图书城之间，在图书馆的自习室里看司法考试的资料，累了就去新知图书城里看小说。九月参加完司法考试，又晃荡了一阵子，我才找了一份广告公司的文职工作。

我那时候就一点儿都不想上班，可又不能光靠看书过一辈子。

十一月下旬，司法考试成绩可以查询了。我考了三百七十分，超过及格线十分，刚好通过了。我妈特别高兴，向她的同学、亲戚、闺密宣布我要当律师了。给她的喜悦之情更加添彩的是，我二舅家大表哥刚结婚的媳妇，法学院毕业跟我同一年参加的考试，没有通过。我在家族里的地位得到巩固，我妈很满意。

当时我在昆明的工作非常轻松，我并不讨厌它。甚至它已经开始让我暴露出趋向于做全职太太的天性。每天早上上班第一件事，就是把办公室所有设计师的烟灰缸洗干净。

来上班的人看到干净的烟灰缸，都挺高兴。结果有一个同事愁眉苦脸地问我："你怎么把他们的烟灰缸都洗干净了，就没洗我的，为什么呀？"

我一看他的烟灰缸是塑料材质的，说："哈哈，我只喜欢洗玻璃器皿，没看见你这个。别伤心，我这就给你洗了去！"

那个跟所有亲朋好友宣布完司法考试成绩的下午，我站在办公室十层高的阳台上，看着一整个小区院子的梧桐树。我忽然有一种尽到了责任的解脱。

所以，我得去北京了。去北京做什么呢？

2009 年 11 月末的昆明，我在心里对自己说：我要去北京了。去过一种看书写字的、清贫的生活。

2. 车站离别

我到北京的那天，是2009年12月7日。乘坐火车从昆明出发，三十二小时到北京西站。到了北京已经是晚上，只身一人，扯着一个行李箱。

我也不想整得这么孤独悲壮的。

离开昆明去北京的念头冒出来之后，我就在心里搜索谁能陪我一起去北京。昆明是个很舒服的城市，一般云南本地人都不愿意离开，大学都在本地读了，何苦要去外地工作呢？少数的几个外地同学，唯独大禹最有可能跟我一起去北京。我们两个大一入学第一次班会上就聊到一起了。他初中时期喜欢Beyond，高中时期喜欢许巍，爱读村上春树，那会儿在听平克·弗洛伊德。大学四年，我俩最聊得来。我打电话给他，花式煽情，美化青春。不料他刚刚失恋，看破红尘，正打算回四川老家接班他爸妈的生意。

我到北京之后还没有死心，隔三岔五打电话探他口风，不停地动摇他，想着让他来陪我。可到最后他也没有来，到底还是回四川老家娶妻生子去了。我就一个人在北京，连个大学同学都没有。

2015年贾樟柯导演的电影《山河故人》上映，看到那句"每个人只能陪你走一段路"，我眼泪唰地就下来了。我自小觉得孤独。我身边有许多关心我的人，我也有好朋友，但好像从一开始我就能看到曲终人散的那一刻，没有人跟我往一个方向走。

我那时候还有一个男朋友。

我也考虑过以爱情的名义将他绑到北京。他是一个单纯的好人。如果我使点儿什么坏心眼儿，就是在否定我们两个人之间的情谊。所以我特别直截了当地跟他说：我要走了。理所当然又毫无歉意，好像他早该知道这一天必然来临似的。

他像小孩子一样别扭了一阵子，又欢欢喜喜地跟在我身旁，帮我处理杂事。

我买好了车票，打包了行李。他还像平时一样咧嘴笑出一道优美的弧线，陪我坐车到火车站，帮我拎东西，把手里的钱都给了我，然后挥着手送我过安检门。

他打电话给我，说："你真的要走了呀？"

急急忙忙地排队进站，才意识到他没有车票进不了候车室。我站在安检门里面哭到眼前模糊，真的是眼前模糊。我想再望一望他的身影，眼泪糊住了视线，什么也看不清。

就这样匆忙一别，再没有见过。

我在候车室里坐在椅子上发呆，整个人像是删除文档上所有的字符一般，只剩一片空白。

他又打电话过来，说："我在回去的路上了。我发现我反射弧真的是太长。现在看风景都觉得不一样了。你真的走了。"

我又掉下泪来。

他说："你答应我吧。以后你要按时吃饭，好好睡觉。心情不好的时候不要喝酒，更不要伤害自己。你要好好照顾自己，也不要让任何人伤害你。否则你就对不起我，我可是把你捧在手心里的。你懂了吗？"

我第一次听他说这样的话。一边哭一边答应了他。

我的男朋友，他是跟我完全相反的人。他最开心的事情就是休息日的时候跟朋友们一起打篮球。他没有什么复杂的心思，总是笑呵呵的。他皮肤黑黑的，脖子修长，一双有着长长睫毛的大眼睛闪动着温柔和稚气。他眉毛浓密英气，鼻子高挺，笑起来嘴唇形成一道幸福的弧线。

青春期总是迟迟过不完的我，那时候的脸，是一张死脸，不太爱笑的。不耐烦，是我的面部表情关键词。可是跟男朋友在一起，只要一看见他，我的心就敞亮了。我跟他一起走在昆明阳光灿烂的街道上，会不自觉地咧起嘴来傻笑。

他喜欢叫我小米渣，假装自己是个大人，把我当小孩子一样哄着、呵护着。

我在财大参加司法考试的整整两天，他全程都在考场外面等着我。

记得他打篮球之后额发沾着汗水亮晶晶的样子，他吃饭看着就特别香的样子，他为一些小事扬扬得意的样子。在我哭的时候他一句话也不说，只是轻轻地吻我的眼睛。

他不是那种善于表达的人。不像我一样喜欢看书。我可以一整天都坐在新知图书城的楼梯台阶上看书。我也想他陪着我看，但他待不住。后来，我不再勉强他。我在书店看书，他到马路对面的学校打球。

唯一有一次，我们吵架了。他一个人出去了，很久才回来。他跟我说他去了新知图书城，看了一本书。然后他哄我，说我们别吵了。他说书里说得特别好，他以前都不知道。我知道他没看过什么书，就问他你看了什么。他说是张小娴的《永不永不说再见》。

他说:"我们好好的,也要永不永不说再见。"

我坐在候车室里,把他的好一气儿回忆完,像个精神病患者一样一边掉眼泪一边笑。之后用尽了全部的力气,"哐当"一声,在心里把这个存有记忆的大箱子盖上锁好。我再也不要去想了。

检票的通知响起,我手脚都软绵绵的,一点儿力气都没有,一步一挪地,扯着行李进站。

我要走了。这是注定会发生的事情。

3. 跟苏先生第一次通话

从念头冒出来,到真正来到北京,总共用了一星期的时间。那会儿司法考试的成绩单和相关证书都还没到发放时间,户口也还没有迁回原籍。我等不及,先走了。让同学代我去办理。

我必须快速且成功地离开,那是我当时唯一的念头。分手,辞职,订票,收拾行李,投简历。

我飞速地编写了简历往北京的大小公司胡乱投了一气。苏先生收到简历之后就给我打了电话。

在接到他电话的前一天,我刚跟一个小图书公司的老板聊完。那个人让我过去做攒书的工作。我根本不知道什么叫攒书。他给我解释了一下，并给我发了一些资料，让我试着做一份。

我单纯地向他打探："在北京一个月得多少钱才能够生活呢？"

他说："我们这个是计件的，攒得越多，赚得也越多。"

"计件"这个词，我一点儿都不陌生。我们老家工厂里有好多计件的工人。我一听就有些反感。我爸看不上"干得越多就赚得越多"的计件工种。他做技术工，车间的机器坏了，他去一修就好。大部分时间都没活儿，他就满厂子溜达着采蘑菇，或者躺在锅炉房里看小说。不是他当班的时候，机器坏了，当班的修理工修不好，车间主任得亲自来家里找他。停产一小时，损失好多钱呢。我爸去了随便一出手，很快就能修好。别人赞叹恭维他的时候，他理也不理，回家继续躺着看小说。但我知道，倒班休息日被叫去帮工救急是他的骄傲。

我当即决定：可不能去做攒书的工作。哪知后来加了 QQ 联络我的人，都是招攒书的。

苏先生打电话过来的时候，是早上九点半左右。我刚到公司，打算继续给设计师们洗烟灰缸，收拾一下他们加班的时候喝的啤酒瓶子。其实我的本职工作是考勤、出纳兼前台。老板是一个四川人，人很好，做生意很仔细，一人兼总经理和业务员，招了十来个美院毕业的人做设计，然后就是我。考勤指纹机器被我悄悄调整了一下，保证大家都不会迟到。老板最多一个礼拜派我去一次银行，而公司里根本也没什么客人来。商住两用的办公室让这帮动不动就加班的设计师们作践得乱七八糟。我就自作主张地干起了保洁的工作，并乐在其中。

苏先生给我打电话的时候，我是戴着塑胶手套接的。

他的声音粗重，听着像是个六十多岁的老头儿。我一琢磨他们公司的名字，以为是个离退休老干部聚集地。

当时我都有画面感了：没电梯的那种老楼办公室，一人一张办公桌，灰色中山装，衣服口袋上别个钢笔，灰白的头发，一人一副老花镜。我脑袋里跳出来一个书名：组织部来了个年轻人。

我可不能去这种地方，我还年轻着呢。

我叫他"苏老师"，我说："苏老师，我现在人还在昆明，过两天才到北京，到时候我再跟你联系约时间可以吗？"

"苏老师"："这样啊！你来北京住哪儿啊？你可别为了面试专门跑来北京啊。"

我一愣，心想：果然是老年人关注的问题。我回答："我住在我表哥家。"

"苏老师"说："哦，那还行。那你来了给我打电话。"

我："好的，好的。"

这是我跟苏先生的第一次通话。

我到北京第二天一早，睡醒后吃了表嫂给我准备的早饭就出门去面试了。

大学四年，每年寒暑假东北云南两地往返，必要经过北京换车。我对这里并不陌生。但这次不一样了。我站在万达广场前面的那个过街天桥上，看着北京的街道，心里升起一股热情。这是我要生活的城市了。以后我就要继续吃前面二十多年都适应不了的北方菜了。一到冬天，北方这光秃秃的树啊，阴沉沉的天气。

别了，我挚爱的包浆豆腐，建水烧烤；别了，大理凉粉；别了，昆明的阳光，翠湖的海鸥，樱花，梧桐树，圆通山啊。

那年，北京冬天并不冷，八摄氏度左右。我穿着从南方带过来的单薄棉衣，在万达广场迷路了。电话里也问不清楚，我只好跟一个站岗的保安问："麻烦请问，哪边是北？"

他先乐了，然后给我指了一下。

我面试的竟然是一家模特经纪公司。前台的美女坐着都比我站着高。

我这个人，有点儿迷糊。我表哥家住在大望路，我就顺着他家周边，就近来的，根本没细看。

一个男的负责面试我："你英语好吗？我们网站需要更新一些国外的时尚资讯，你负责翻译。"

我："我英语过四级了。不过，我是汉语言文学专业的，中文要比英文好一些。"

男："一个星期翻译一篇就行。"

我："那别的时间干什么？"

男："你下午有时间吧？直接来试试吧，让他们带你出去。就跟他们溜达就行，看见适合做模特的路人，就上去跟他们聊聊。"

我："哦。"

我是个路盲，在万达广场又迷糊了一阵子才出来。见到地铁口就下去了，站在地铁站里研究地铁线路图。还有两家靠谱点儿的公司都在石景山，"苏老师"在安定门。

我这个人特别懒，二十多年都是早上睡不醒，上课常迟到。就近原则，离退休老干部就离退休老干部吧，先去看看再说。

　　我给"苏老师"打电话："苏老师，我下午可以过来面试吗？"

　　"苏老师"说："你谁呀？"

CHAPTER 3

在北京的

第一份

工作

1.面试

　　我在北京的生活，从见到苏先生开始。

　　苏先生早在读大学之前就来过北京了。刚认识时，有一次他在办公室里吹嘘他高中时一个暑假的流浪经历：只带了出发的路费从平凉到银川，再到西安，到北京。一路打点零工解决食宿，有了路费就出发。十八岁时，他就这样在北京混了一个多月。

　　我那时候青春期尚未结束，竟然为自己没有睡过公园，也没有跟流浪汉分盖过一份报纸而感到技不如人。

　　"那后来呢？"我好奇地追问苏先生。

　　办公室里的其他人都没有什么反应，他眉飞色舞地说完，就只有我一个人捧场。可能他们都不是第一次听说了。不过，我是真的感兴趣。

"我就回家去了啊！我就回学校好好读书了。本来我都不打算读书了，没意思。那会儿我有两个梦想，一个是当和尚，一个就是流浪。我来北京看过了以后，我就想，我得来北京生活。这里书多，文化人多，有意思。我不打算流浪了，我哪儿也不去了，就在北京。"

2009 年 12 月 8 日，下午，我跟"苏老师"电话里简单地沟通了一下，就直接坐地铁去安定门了。

出了地铁站之后，我打电话跟他问路。

"苏老师"说："你往下走，对，你往下走。"

我挂了电话仰天长啸："哪边是下啊？"

又走了一会儿还是找不到，我又打电话给他。

"苏老师"说："有树那边，还有一堆草。"

我挂了电话，头晕目眩。路边全是树！一堆草？我在北京冬天的路边花园里边走边搜索着枯草。

横冲直撞地走了一阵子，终于我看到了"花园胡同"的牌子。

果然是机关大院的感觉，五层没电梯的老楼。宽敞的走廊，一小间一小间的办公室。

我敲门进去，"苏老师"迎面过来招呼我，劈头盖脸就是一句："你路盲啊，说半天说不明白。"

谁像你那样指路啊，又是树又是草的！但我光顾着震惊了，直接笑着跟他说："那我也找到了呀！"

我震惊什么呢？跟我想象中的完全相反：满屋子都是跟我岁数差不多的年轻人，闹哄哄的。室内的气氛跟肃静的走廊完全是两个世界。而

"苏老师"，就是一个小男生嘛！

他让我先坐在他的位置上，然后就来来去去地找东西。小办公室里横七竖八地摆着桌子椅子，有点儿乱。

"苏老师"是单眼皮，小眼睛，脸瘦瘦的，皮肤很白。穿着一件深棕色皮衣，衣服简直像挂在衣架上一样，显得他整个人更加瘦了。他的刘海儿太长了，挡着脸，不时往上甩一下。整体看来，是个帅哥。

我坐在他的位置上眼睛没闲着，电脑屏幕上正打开着一篇稿子，大概是个网站介绍。

"苏老师"这会儿拿了几张纸过来，冲我说："怎么了？"

我："没怎么。"

"苏老师"："你那是什么表情，一脸的嫌弃。说，怎么了？"

我指指电脑屏幕，说："至少二十个错别字。"

"苏老师"："我写完还没改呢！过来，跟我去隔壁！"

隔壁办公室没人，他让我坐下，扔给我几张卷纸，说"答完了过来找我"，就转身出去了。

我翻了翻卷子，十来个文学常识题，之后就是什么"你最近看的书"啊，"喜欢的作家"之类的。这还能难得住我吗？我拿出包里随身带着的钢笔，唰唰开写。

中途他进来了一趟，手里拎着支笔，看我已经开始写了，又一句话没说地出去了。

有几道题我确实不会，例如，ISBN、CN、CIP都是什么意思？

我脑袋一转，觉得这位"苏老师"有点儿不按套路出牌啊，看那说话的语气什么的。

我于是在那些不会的问题下面写：这个我可以在网上搜一下再告诉你。回头我就再也不会忘记了。

然后画了几个卖萌的表情符号。

我收起东西，回到那个闹哄哄的办公室，把答卷交给他。

他就坐在那儿立即看起来了。当时，我站边上还是有点儿小紧张。

大学毕业之后，招聘会和人才市场我是一次都没去过。昆明那份工作也只面试了一家，还是贪图离住处近，走路十分钟就到。

"苏老师"突然问我："你要多少钱啊？"

啊？我一蒙，当着这么多人的面，你就让我自己开价。我不好意思地说："我也不知道啊。你看着给呗。"

"苏老师"说："哦，那就八百吧。"

啊？我急了："怎么可能啊，在北京八百怎么活啊，我都打听过了，至少也得两千才能活下去吧？"

"苏老师"："那你就说两千呗。"

我："哦。"

"苏老师"："走，我带你去楼下见见周老师。明天能上班吗？"

我环视了一下周围，又看看"苏老师"那张刘海儿遮住了眼睛的小脸，点了点头。

楼下的周老师问了问我什么学校毕业的，专业学什么，家是哪里的，就让我回去了。

我想了想，又回到楼上找"苏老师"。

"苏老师"说："行了，你回家吧。明天早上九点上班。"

我："好。"

我下了楼，走到院子里，才意识到这里是安定门啊，北京二环呢。周围都是胡同，有点儿意思。

我在北京有工作啦，我美滋滋地想。来北京的第一天啊，多顺利。

咦？好像没人跟我说，我的工作是做什么啊？

2. 办公室互撩

2009 年，"苏老师"还不叫苏先生，也不叫苏老师。办公室的年轻人都喜欢用单字称呼他：苏。

楼下的周老师称呼他．苏苏。

慢慢地，办公室里其他人也开始叫他苏苏。他扯着粗重的嗓音说："谁先开始的，怎么都开始叫我苏苏啊，恶心死我了！"

我深吸一口气，眯着眼睛说："苏苏，你好香啊！"

我跟他的座位也就隔着十来米吧。

一本书直接糊到我脸上来，我伸手接住。

苏："我警告你！不要再发给我没有重命名的文档！"

我："哦。"

过了一会儿，又一本书飞过来，砸在我桌子上。

苏："我最讨厌一大堆文件不打包发给我！再也不许这样发！听见没？"

我："哦。"

　　我的工作并不复杂。这里是一个协会下属的文学网站。苏先生安排我负责首页的编辑工作。每天在网站后台上传一些稿件：有时候是内部的新闻稿，有时候需要自己搜索一些文化资讯。

　　苏先生手把手地教我使用网站的后台系统。他站在我身后，胳膊支在电脑桌上。我能闻见他怀里散发着的淡淡的香气。

　　他说："你负责的工作特别简单，复制粘贴，复制粘贴，傻子都能做。"

　　我："嗯。"

　　他打量了我一下说："你脾气特别好是吧？我说什么你都不生气是吧？"

　　我："嗯？"

　　我脑回路比较奇特。他说傻子都能做，我肯定比傻子强，那我一定能做好。有毛病吗？

　　我还脑补了一下傻子做这份工作的样子。于是，成功上传一篇文章之后，我拍手乐了起来。

　　苏先生疑惑地望着我。

　　他当时没搞清楚，他以为我脾气特别好。这是他犯的第一个错误。

　　我在北京的生活就正式开始了。我还住在我表哥家里，早上八点半坐地铁从大望路到安定门，大望路到国贸一站挤了一些，我不肯去挤，一趟一趟地等，直到迟到。下午五点半下班，下了班我也不走，就在办公室里待着，看书或者写点儿东西。等到晚上八点半以后，地铁 2 号线人少了，我才晃晃悠悠地回去。

那时候我最喜欢的，就是晚上八点半之后的地铁2号线。我一边等地铁一边看着地铁线路图，全北京城的地铁站名一个一个地看过去。我这个路盲，一个人不敢乱跑，又容易随时走神儿，上下班路上也会坐反方向或者错过下车地点，我就只有看着地铁站名熟悉着北京。

办公室的工作氛围很好，大家忙的时候都很严肃，闲了也嘻嘻哈哈的。苏先生是我们这帮人的直属上司，负责管理我们，分派任务和调配人员。大部分人都很喜欢他。他认真做事情的时候很凶，私底下又跟我们掏心掏肺的。所以，大家都把他当成一伙儿的，有什么纠结和抱怨都喜欢跟他说。

公司在安定门地铁站附近——花园胡同——周围都是老北京的居民，是一个很有烟火味儿的地方。办公室的装修很老旧，却别有一番情调。到了春夏时节，窗外的树啊，风啊，蝉声啊，都让我觉得特别有生活气息。

我开始慢慢地喜欢上了这样的日子。手又开始痒了。

苏先生整天不离手的茶杯积着褐色的茶渍，还有那乱七八糟的办公桌，脏兮兮的电脑键盘，办公桌周围胡乱堆着的书。我心中蠢蠢欲动。

第二天上班我比平时提早来的，从家里带了抹布和清洁剂。

第一次来这么早，我才知道每天是苏先生负责开门的。他看到我有些吃惊："你今天怎么来这么早？"

他进门之后，打开窗子通风，把所有人的电脑都打开。

电脑音箱里飘出一个清澈的声音，唱着：我住在北方/难得这些天许多雨水/夜晚听见窗外的雨声/让我想起了南方/想起从前待在南方/许多那里的气息/许多那里的颜色/不知觉心已经轻轻飞起/我第一次恋爱在那里/不知她现在怎么样/我家门前的湖边/这时谁还在流连/时间过得飞快/转眼这些已成回忆/每天都有新的问题/不知何时又会再忆起/

南方

歌词来得猝不及防，我热了眼睛，呆呆地问苏先生："你去过南方吗？"

苏先生一脸鄙视地看着我说："这个南方不光是指南方，每个人心里都有一个南方。"

我的伤感瞬间收了回来，静静地盯着他手里的茶杯。

苏先生："怎么了？"

我："我帮你洗洗这个杯子吧，太脏了。"

苏先生把杯子递给我："行啊！你以后每天早上早点儿来，来了给我洗杯子，然后泡好茶放我桌上。"

我："嗯。"

从那以后，我每天早上都要给他洗杯子，泡好茶水，再把他的办公桌和电脑擦一遍。他也习惯了使唤我做一些杂事。

有一天中午跟几个女同事吃饭回来，进门就看见他凶巴巴地瞪着我。一旁的网站技术员小五憋着笑。

我疑惑地望着他。

苏先生说："你的手机是当表用的啊？"

我拿出手机，发现有一个未接来电，又见一条他发来的短信："帮我买包中南海。"

我笑笑没回答，收起手机坐回电脑前工作。

过一会儿闲了，我转头望望他，就悄悄出门去了，到胡同的小卖店里，买了一包中南海点八。

又在外面晃荡了一会儿，才回到办公室，把烟摆在他面前。

他呆呆地望了望我。我回到位置继续工作。

苏先生在 QQ 上问我："我发现你看过的书挺多的。现在还看吗？"

我："看。"

苏先生："都看什么？"

我："碰到什么看什么。我现在住在大望路。一出地铁站就有一个光合作用书店。我每天晚上下班之后就直接去那儿，看够了再回家。"

苏先生："我都很久没有好好看过一本书了。"

2009 年，光合作用书店还开着。大望路地铁站那家有两层，一层总是很多人，二层有咖啡座，人少一些。我平日下班之后在那里耗着，周日也整天坐在那儿看书。

我："来北京之后，我还一本书都没有买过。"

苏先生："为什么？"

我想了一会儿，没有回答。

我来到北京之后，我的男朋友大概每天都要跟我通电话。他询问我的状况。他问我冷不冷，有没有好好吃饭。他说不要不开心。我都一一地回答他。

有一天早上，我醒来拿起手机，看到他夜里发来的一条好长好长的短信。他在一本杂志上找了一首诗，一个字一个字打好信息发给我。好长好长的一首，写漫天雪花都代表了对一个人的思念。

我看了好几遍。出门的时候，才看到外面下起了大雪。大朵大朵的雪花随风斜斜地飞着，天地间白茫茫一片。

我的心，像是被插进了一把把刀子。

我回复消息给他："老天爷很配合你，北京下雪了。"

那天一直到中午，他也没有回复我的短信。这是从来没有的状况。我心里很烦，没有去吃午饭。一个人在办公室纠结了许久，才打电话给他。

接电话的是一个女的。我一听，立即怒火冲天，厉声让她把电话给男朋友。

"你谁呀？"女人挑衅地问。

我："我是他女朋友。"

"不是分了吗？"女人说。

我怒火中烧："分了也轮不到你。你把手机给他，然后去卫生间照照，看你自己贱成什么样子！"

男朋友抢了手机接了，我一听他的声音就失声尖叫："你让我好好照顾自己，你这样是在作践谁呢？"

男朋友说："昨天晚上心情不好，跟他们出来喝酒。她跟着我们瞎混呢，没怎么的。"

我哭着说："你找女朋友我不拦着，要找就好好找一个，别让这样的女人来恶心我。"

说完我直接把手机扔了出去。又随手拿了桌上的东西扔出去撒气。

苏先生从一排电脑后面探出身来，惊恐地望着我，说："我的天，你这个女人也太可怕了。"

我还在生气，怒声道："关你什么事！躲在那儿干什么，你出去！"

苏先生嘟囔着"我想睡一会儿"，就开门走了。

我坐下来，血直往脑袋上冲，转而清醒了一些。

我把手机捡回来，摔掉的电池重新安上，又给男朋友打了一个电话，声音温和了，我说："你别这样闹了，好好再找一个行吗？"

男朋友说："你找了吗？"

我："还没有。"

男朋友说："那你回来，咱俩就谁都不用另找了。"

3. 苏先生的情史

二十三岁后半段，日子清凉简洁。我是一个热爱玛丽莲·曼森的年轻人。

夜里零点之后，*Sweet Dreams* 和 *Lamb of God* 两支歌在耳机里轮番单曲循环。大雪纷飞的夜晚，奋力打开窗子欢呼，眼睛发热。我的心里或许写满了对未来的自己十分具体的承诺，所以我感到很快乐。

表嫂帮我在她家附近租了房子。我住的那一间屋子，窗户正对着华贸中心。夜晚，三座高楼灯火明亮，我时常站在房间里静静地望着它们。北京的东郊市场那时还在，白天热闹非凡。一条河水把这里隔成了两个世界。

春节快到了，办公室里大部分是外地人，免不了谈及过年回家抢车票的事，人心里发急，工作时间的闲聊天也多了起来。

我们的主编苏先生，深受曾流行一时的尖酸刻薄文艺男主编的人设影响，动不动就把楼下新来的姑娘说哭，把隔壁新来的姑娘说哭。

办公室的其他女孩子说："他从来不说你。"

我："呵呵，他都直接拿书打我。"

经常地，我塞着耳机在电脑前工作，手边就不知道什么时候多出来一本扣着的书。我把书拾起来，合上，放好，伴随着震耳欲聋的音乐继续工作。

在这场我未曾意识到的较量中，苏先生认输地走过来，扯掉我的耳机，抢过我手里的鼠标，点开网站的首页给我看，说："别配这么吓人的图。"

网站首页滚动的图片，是一张血淋淋的手掌印。我稀里糊涂地传上去的。

我把图片换下来，继续工作。

他又在QQ上跟我说："你不用那么紧张，看你坐得笔直的，累不累？"

我："我冷。人感到冷，就会不自觉地耸起肩，挺直身体。昆明不冷，不下雨就不冷，大部分时间是最适宜人体的二十三度，人自然就舒展了，晒着太阳，懒洋洋的。"

苏先生："那你为什么要来北京？"

我想了一会儿，还是没有回答他。

第二天早上，他带了一本书给我，是迟子建的《额尔古纳河右岸》。

苏先生："我记得你面试答题的时候，写了你喜欢迟子建。"

我接过书翻看着，这本书我恰巧还没有看过。

苏先生："这是我上学时，在学校门口的地摊上买的，盗版书。"

说到盗版书，他带着羞愧的意味笑了笑，然后又凶巴巴地叮嘱我：

"你好好看，别给我整坏了，不许折页，听见没？"

我用尽全力表达了自己对他的鄙视："那你自己还整天把书扔来扔去的？"

苏先生："那些都是烂书，这本书是好书。"

我："我看书从来不折页。"

晚上下班之后，我坐在办公室里看小说。苏先生从电脑后面抬起头来，问我："怎么还不回家？"

我："地铁人太多了，我都是等八点半之后才走。"

过了一会儿，苏先生说："我高中的时候谈恋爱，就是被两个女人给毁了。"

我抬起头来，略诧异，这哪儿跟哪儿啊？

苏先生："本来我学习特别好的，数学全班第一。高中开始谈恋爱就被毁了。两个女孩子都喜欢我，一个是当官家的女孩子，一个是做生意的有钱人家的女孩子。我纠结了好久，选了那个长得不好看的。结果呢，我接受了她之后，她就对我爱搭不理的，我主动跟她说话，她也不理我。那时候我根本不明白，你们女孩子脑袋里都想什么？我现在也不明白。那会儿可把我给折磨惨了。上课的时候，我脑袋里一片空白，对着数学题一个字也看不进去，我就想不明白，她为什么不理我了呢？整个人都不对劲儿了。你们女人，都是祸害。"

我叹了一口气，整了半天，我是替全天下祸害人的女人受过呢。

他顿了顿，像是开始什么巨大转折一般地说："后来我就休学了，跟家里拿了一点儿钱出门流浪。我是后来才知道的，另一个喜欢我的女孩子，找了一群人把那个不理我的女朋友给打了。她说我被那个女的给毁了，要是我不回去上学了，那个女的也别想好好上学。事情闹得挺大的，好在她们家里都有些背景，才没有被学校开除。"

我看他说到这段的时候一本正经，我就问他："你是什么星座？"

苏先生："处女座。"

我又叹了一口气，跟大禹一个星座。大一上学期，刚认识大禹，他就没完没了地跟我讲他高中时跟两个女孩子暧昧不清的情感，整整哼唧了一个学期。想不明白啊，不舍啊，怀念啊，痛苦啊，青春啊，完全一个套路的！

我无奈地继续听他说，手里摸着书，心想：这书一时半会儿是看不上了。

那天下班之后的傍晚，苏先生坐在主编的办公桌后面，斜出身子望着我，把自己过去二十多年的故事一股脑儿都跟我交代了一遍。

他讲他小学的时候一首情诗写给十个姑娘，结果被发现了。他哈哈大笑着说："有一个姑娘把情书扔在我脸上，说，不要脸！"他十分幼稚地、得意扬扬地说起这件事情。

他一会儿讲大学时候办杂志报纸的经历，一会儿又讲到小时候把爷爷家里的藏书偷出去跟小伙伴儿换糖吃被他爸揍。他跟我聊他喜欢的作家喜欢的书。他拿出一个文件夹给我看，里面是他少年时期所有的发表作品、参赛作品、获奖作品的复印件。他给我看他初中一年级的时候参加诗歌比赛写的藏头诗。

眼看着晚上九点了，他还是没有停下来的意思。我绝望得直翻白眼儿。

终于，苏先生说："咱们走吧。这么晚了，你回去路上不安全。"

他原本是坐公交车，两站地就到家，但他执意要坐地铁送我。他说："我坐地铁也是两站地，一样的。"

走在去地铁站的路上，他问我："你跟你男朋友分手了啊？"

我："嗯。"

苏先生："那你是不是还喜欢他啊，我看你那天发那么大火儿。"

我："嗯。"

苏先生："那你为什么要跟他分手啊，就为了来北京？"

我迟疑了一会儿，说："也不完全是。"

苏先生愣了一下，看看我，说："他对你不好吗？"

我："他对我特别好。"

我把男朋友的好又美化了几笔跟他说了。

苏先生惊讶地望着我，气呼呼地说："那你怎么还跟他分手？你这整个一个白眼儿狼啊！"

我在前面已经被他耗得耐心殆尽，疲惫不堪，冲口而出道："奇怪了！他对我好我就得不离不弃吗？不就是对我好吗？有什么稀罕的。没人对我好过吗？从小到大，有多少人对我好呢，我们大学同学全班十一个男生每个都对我很好，我家邻居两个男生，跟我从小学到高中都是同班同学还同桌过呢，对我也特别好。我在昆明工作，老板对我也特别好。按你的逻辑，那我还真不知道该选谁呢！"

我一口气说完，感到心里一阵痛快，转而抬头怒瞪苏先生。

两个人都气呼呼地望着彼此一阵子，苏先生转身走了，说："你自己去坐地铁吧。"

我也直接奔了地铁站方向拔腿便走，心想：神经病！我又没让你陪我！

第二日上班，见面如常。

中午吃饭回来站在办公室门口等开门，有人在我背后用手指弹我脑袋，我回头一看竟是他。

我略微嫌弃这种动手动脚的行为，半笑半怒地提醒他："我警告你，别撩骚我啊！撩出事我怕你扛不住。"

"嘿！"苏先生发出不信邪的笑声，"看把你能耐的。"他说着，拿出钥匙来开门。

他一直特别不信邪。这是他犯的第二个错误，也是注定了后来一切发生的错误。

4. 表白

我是家中的独女。

我父母结婚的那个年代，流行晚婚。我妈二十九岁嫁给我爸，三十三岁才生了我。在我六岁那年，我得了糖尿病，之后就从工厂病退在家，没再工作过。从我七岁上小学开始，我妈没有缺席过我的任何一次期末考试。每年期末考试的早上，我妈都厉声强迫我吃下两个白煮蛋。我在学校考试的时候，她就待在学校外面的小卖部里，痴痴地等。等我考入重点高中，去学校住校只一个学期，她便在学校附近的民居里租了一处房子，来陪我读书。每天晚上十点学校放了晚自习，我回到家里继续温书，她就坐在我身后，痴痴地望着我。

高考录取通知下来之后，得知我要去云南读书，我妈眼泪立即掉下来。我转过头，装作没有看见。

离开家之后，我再也没有吃过白煮蛋。

来北京之前，北京对我的意义在于，它离家不太远，但也没有那么近。

不能再往北了，我在心里对自己说。

十九岁那年，我执意要去云南昆明读书。我爸陪我一起坐火车送我去学校。到了学校之后，住宿条件不是很理想，我有些沮丧。我爸问我要不要回去复读一年。我脱口而出："不回去，宁可死在这儿也不回去。"我爸抬起手来停在半空，生气地吼我："说什么傻话！"

我离家千里之外，我爸遭遇了人生中的第一次失眠。但他仍然话不多，每次我跟他打电话总是没几分钟就聊完，末尾他总会跟我说一句"我再给你汇点儿钱吧"。我离开昆明到北京，我爸没有多问，只是很快给我汇了一笔钱。

从北京到我家，2010年的慢车十小时，如今的高铁四小时，这是我能接受的最近的距离。

2010年春节回家，过得不是很愉快。我便早早买了车票回北京。到北京之后，还有好几天才开始上班，我打电话给苏先生。

苏先生那年一个人在北京过年。除夕在家时，我想起来他一个人在北京，就给他打了电话，热情洋溢地给他这个主编大人拜年。他果然很高兴，问我什么时候返京，说要请我吃饭。我当然是高高兴兴地答应"好啊，好啊"。

我给他打电话让他请我吃饭是有一件事情要跟他说。我从家回北京的一路上，都在考虑一件事情：我想回昆明了。苏先生作为上司，待我不错，辞职的话，我要当面跟他好好说。

　　苏先生说他住在东直门，我从大望路坐地铁过去很近。他在电话里很仔细地跟我说了路线，让我从地铁站的银座出口出去，他就在那儿等着我。

　　他见到我之后看上去非常开心，带我去了银座楼上一家意大利家庭菜的小餐厅，点了一桌子各式食物，还叫了一瓶红酒。

　　我没想到他会整这么大架势，我对吃的完全没有兴趣，我的厌食症发作了，当时已经是第三天没有吃过饭。我只吃着自己点的一份冰激凌，一桌子菜几乎没动。

　　"你怎么不吃啊？"苏先生说，"瞧你瘦的，快多吃点儿。"

　　我拿叉子拨弄了一下盘子里的沙拉，还是一口都不想吃。我差不多是苦笑了一下，说："我最高的纪录是五天不吃饭。喝水就可以。"

　　苏先生："那喝酒吧。"

　　我拿起酒杯跟他碰杯喝了一口。放下酒杯之后，我说："我要回昆明了。"

　　苏先生："为什么啊？"

　　我像往常一样，故作神秘，并不打算回答他的问题。我又拿起酒杯，说："来北京遇到你挺开心的。一想到要走了，以后见不到你了，还真有点儿舍不得。不过咱们还是可以网上保持联系，你说呢？"

　　我强颜欢笑，说："这杯干了吧。"

　　也许是好些天没有吃饭的缘故，酒劲儿很快上来，我就哭了。把回家过年跟我妈不愉快的事情倒苦水一样说出来："我跟你说，我妈都怎么虐待我的。我上初中那会儿,正是别扭的时候呢。她不知道听哪个路过的江湖骗子说的,说我跟她的八字不合,属相相克。反正就是我克她,她身体不好,生病啊,都是因为我,得认个老孤树才能化解。她就真逼着我给一棵大树磕头,你知道吗?结果你猜怎么着?"我使劲儿拍了一下桌子,"让我给一棵树磕头,哼,那棵树第二年就死了!"

我顿了顿,眼泪流下来:"我知道她身体不好,中医西医都试遍了,没用。她心里着急,又要忌口,以前爱吃的都不让吃,她难受才病急乱投医。我回家过年,她跟我念叨我哪个同学结婚了买房了也就算了,她还跟我说她今年身体又感觉不如以前了。为什么呢?因为我回来了。以前我离她远,她那几年身体就很不错。现在我回来了,她就又感觉自己不好了。这是什么意思啊?"

我抹了一把眼泪,委屈地说:"我为了谁回来的啊!我家里就我一个孩子,我爸妈还都比我同学的爸妈年纪大,我还不是为了离他们近点儿,能照应着。昆明多好啊,哪像北京这样整天阴沉沉的。我以前考虑过定居昆明,然后让我爸妈也过去。可是我爸不行啊,上了岁数的人不得和身边的老伙计们在一起才不寂寞嘛!去了昆明,方言都听不明白。我在云南四年我都听不大明白,还让我爸妈六十岁了去云南学方言吗?!"

我又想起了我的男朋友,眼泪止不住掉下来,说:"我连男朋友都不要了。我连那么好的男朋友都不要了我跑到北京来。我男朋友,八块腹肌人鱼线……呜呜呜……"

之后我就断片儿了。

醒来之后，我发现自己躺在床上。苏先生坐在一边喝着水。

我有点不好意思，想起自己应该说了很多话，又想，反正他先开始跟我倾诉人生的，就算扯平了。我坐起来感到头晕："这是你家吗？"

苏先生："嗯，我看你喝多了，怕你回去不安全。喝水吗？"

我点点头，却感到一阵恶心，赶紧起床往外跑。苏先生给我指了指卫生间的方向。

我抱着马桶吐了一会儿，才真正清醒过来。我也没吃什么，就是把喝下去的红酒又吐了出来。

简单洗漱了一下，我跟苏先生打招呼"我得回去了"，就打算往门口走。

苏先生坐在一张桌子边上，手掌托着额头说："我对你动心了，我已经好多年没有对女孩子动心过了。"

我略微惊讶，没想到他会这么说。而且，我刚吐过。

我原地想了一会儿，说："那你抱抱我吧。"

他从背后拥抱了我，我又闻到了那种淡淡的香味。他的手臂环绕着我，那一瞬间的触感让我有些吃惊，接着是一些终于放下心来的安稳。

我说："放手吧。再抱下去，就出事了。"

那天晚上，表嫂让我去她家里吃饭，留我住下。

我躺在沙发上，怀里抱着一本书发呆。

表嫂："书抱着不看，想什么呢？"

我："我白天的时候想不在北京了，回昆明去。现在，又不知道该怎么办了。"

表嫂："是不是有人跟你表白了啊？"

我："啊？你怎么知道？"

表嫂："就是你总跟我提的那个主编吧！哈哈哈。"

以前住在表嫂家里的时候，我没少跟她吐槽我的上司苏大主编。

我："这本书是他送给我的。"

我拿起怀里的书给她看。是马原老师的授课笔记——《电影密码》。

我："他说有一次他逛书店，想起来我说过自己上学的时候写过电影剧本，他看到这本书就买了想送给我，一直没给我。今天我跟他说要辞职了，回昆明去。他说再不给我以后就没机会了。"

表嫂："那你怎么想的？"

我想了想，说："上学的时候，我收到过玫瑰花、钱包、项链、口红。这是第一次有男生送书给我。"

5. 约会

苏先生长得好，从少年时期开始就被女孩儿们惯坏了。

逢年过节忆青春，苏先生总是万分得意地跟我说："喜欢我的女孩子那可多了去了！从小学五年级就有女孩儿喜欢我。"

我笑："是是是。那你怎么落我手里了？"

苏先生叹气惋惜："是啊。我年轻那会儿胆子太小了。女孩儿喜欢我，我也不敢睡。我就胆大了这一回。"我接道："结果就折进去了。"

苏先生："唉。我就知道，这女人不能随便睡。"

苏先生对我表白的那天之后，我回去的路上经过火车票代售点，在路口站了很久，思来想去，最后说服自己的是：要走也不着急这一两天。

晚上在表嫂家里住，失眠了一整晚。我虽然不是什么美女，但从小到大男人缘好，到哪儿都有男生献殷勤。他喜欢我，我并不惊讶。但我没想到他会表白。

我不知道自己喜不喜欢他。我熟悉爱情小说里女人爱一个男人爱到死去活来的所有桥段，但我不明白为什么。晚上我一直把他送给我的书抱在心口，第一次有书也看不进去。折腾到天亮，我做出了决定：我不回昆明了。我问自己，如果回到昆明，我还要继续跟男朋友在一起吗？在一起之后，还会分开吗？我对自己一点儿信心也没有。

春节假期结束，开始上班了。大家都刚从老家回来，闲聊过年的经历，办公室里非常热闹。

有一个女孩儿，当着所有人的面，拿出一双红袜子送给苏先生。她说："我妈听我说你没回家过年，让我带给你的。我妈说了，你明年要是还不回家，别一个人在北京，我妈让你去我家过年。"

苏先生礼貌地道谢，收下袜子。办公室寂静无声，我整个人都被点燃了！

我愤怒地塞上耳机开始听歌：Linkin Park, Night Wish, Metallica, Nirvana, Queen, U2, Guns N' Roses, Green Day, Suede, The Cranberries, Red Hot Chili Peppers, Lake of Tears。足足听完了收藏歌

单里所有的曲目才平息了怒气。

苏先生走过来扯掉我的耳机，凶巴巴地说："以后别戴这玩意儿，喊你半天你听不见！"

他交代给我一份工作后回到工位。

我冷静了一下，然后点开对话框给苏先生发消息："周六我想去书店。"

"我陪你去。"苏先生立即回复。

我关掉对话框，若无其事地继续工作。

周六早上才九点左右，我睡醒了躺在床上看书。苏先生发短信给我："你什么时候来？"

我回："晚点。"

苏先生："哦，那我再睡一会儿。"

又过了一会儿，他又发短信过来："我睡不着了，你赶紧过来吧。"

这也太没有难度了吧？于是，我合上书，睡了一个"回锅觉"。

到苏先生家里的时候已经中午了。中途我又迷了路。苏先生好笑地说："你不是来过吗？"

我："来过我也不认路呀！"

苏先生："你怎么这个时候才来！打你电话也不接。"

我："我又睡了一个'回锅觉'。"

苏先生："什么觉？"

我："回锅觉。"

苏先生："哈哈……那叫回笼觉！还'回锅觉'，你逗死我了。"

原本说好去书店的。但苏先生不肯出门，我又被他抱在怀里。都快下午四点了。

我："你胆儿挺大啊。我从早上起来就滴水未进。现在你这饭也不让我去吃，水也不给我喝一口，就这么锁上门不让我走，你这是囚禁啊！"

苏先生："你说，咱们两个这样的人遇见了，要是不发生点儿什么，是不是太可惜了？"

我忍不住笑起来，说："你这理由吧，还真能说服我。但我可先跟你说明白啊，我可不是那种随便什么人都能招惹的女人。"

苏先生："什么意思？"

我："怎么说呢。我就是劝你还是别招我。我怕你，受不起。"

苏先生："嘿！把你能的！你还能怎的？"

我："我知道，现在无论我说什么你都不信。但我真的是一个很善良的人，我必须得让你知道你现在正在做着一件多么危险的事。"

我用手指摆弄着他的头发，说："你现在好奇心正强着，当然不觉得有什么。等到有一天，你怀里抱着别的女人，心里却还想着我，你就彻底毁了。"

苏先生不服气地说："不可能。"

我："那咱们就走着瞧吧。"

苏先生一直缠着我到下午五点多，才肯出门去书店。

苏先生说："就在我家附近，可是我已经很久没有去书店了。"

类似这样的感叹，他从面试我那天之后就开始一次次地提起。"我已经很久没有写诗了""我已经两年多没有对女孩子动过心了""我已经好久没有好好地从头到尾看完一本书了"……

回头一想，套路挺深啊！

库布里克书店在当代 MOMA 里边。是苏先生带我第一次来这里。

在书架前，手指抚摸着书脊，我说："我觉得一座城市必须得有一间书店，否则我就不知道自己该去哪儿。"

话一说出来，心底略微感到一丝悲伤，顿了一顿，才继续说："来到一座新的城市，一本书还没买过，可能是因为我还没有下定决心留下来。"

苏先生望着我，表情认真地问："那现在，你还要走吗？"

平日都是在办公室见到他。他总是对着电脑拧着眉头，一副忧国忧民的焦虑模样。这是第一次在书店里看着他，他整个人都很平静。

我忽然发觉，他的气质和这环境好搭配呢。他与书香搭配，与簇新的纸张搭配，与摆满书本的绿色书架搭配，与翻开一本新作的心情搭配。

我没有回答他的问题，只是从书架上取下一本书，走向收银台。

那是小小的、薄薄的一本，我打算每天坐地铁上下班的路上看——王小波和李银河的书信集《爱你就像爱生命》。

2010 年，苏先生二十三岁，还是一个想要的得不到就特别闹心的年纪，不慎遇见了我。

周六的约会，在一起耗了整整一下午之后，周日晚上苏先生又打电话给我。

他在电话里滔滔不绝，隔一会儿停下来问一句："你在听吗？"

"在的，我在。"我答应着，把手机插上充电器。他继续滔滔不绝，倾诉自己的人生理念和抱负。

挂掉电话的时候，才意识到手机机身已经发烫了。看了一下通话时间，一小时五十三分钟。

末尾，他说："明天见。"

我在床上打着滚儿，回味着这句"明天见"。这么想见我，那我，就帮他一把吧。

第二天早上到公司，我在的那间办公室还没有开门，我就去了隔壁办公室。刚好过年前有同事离职，空出了一个工位，我就坐了下来。

苏先生看到我在考勤系统里打过卡了，就在QQ上问我："你在哪儿？"

我："隔壁。"

苏先生："你去隔壁干什么？"

我："我来的时候，咱们那屋还没开门，我就坐这边了。"

苏先生："你赶紧回来！"

我："我都开始工作了。就先这样吧。"

苏先生："你赶紧回来！我看不见你心里着急。"

我："不要。"

过了一会儿，苏先生又在QQ上叫我："赶紧回来听见没？再不回来我就直接过去扯你！我可不管别人是不是看着！"

我："不要。"

中午大家去吃午饭的时候，苏先生真的过来扯我了！

我："有话好好说，别动手。"

苏先生一边呵呵笑着，一边伸手要拽我，说："你在这边干吗？你赶紧给我回去听见没？"

同事从门口经过，起哄开玩笑："干吗呢，干吗呢啊，拉拉扯扯的。"

苏先生跟着哈哈笑着，一起出去吃饭了。临走前小声叮嘱我："下午必须给我回去！"

下午，我当然还是没有回去。

苏先生每隔一会儿就在 QQ 上愤怒一遍："你快要折磨死我了。"

我不理他。

苏先生："说吧，你到底要我怎样才肯回来坐。"

我："我明天就回去了。"

苏先生："不行！等不了。"

我："哦。"

苏先生："哦什么哦，以后都不许给我发'哦'。"

我："哦。"

苏先生："（愤怒脸）晚上去我家，下班以后在办公室等我，我晚点儿再回来接你。"

我："哦。"

我心里默数了一下，算是第三次约会了吧。

那天下班之后，刚好有一个女同事要在公司里等她同学来安定门找她，我只好跟她一起，用公司电脑看美剧《实习医生格蕾》的第一季第一集。女主和偶遇的男人 one night stand，第二天上班发现两个人竟然是同事。

这剧情！我感到脸发烫。

我的手机没电关机了，女同事的同学迟迟不来。我只好硬着头皮跟她一起继续看美剧。

办公室里的电话铃忽然响了！

我一把按住女同事："别接！"

女同事："怎么了？"

我："已经下班了。就算有什么事，咱俩也处理不了。"

女同事："也是。"

我："你有充电器吗？"

女同事："有。"

她从包里拿出充电器递给我。我松了一口气。

我真佩服自己的反应速度，电话确实是苏先生打来的。

见到苏先生的时候，天已经很晚了。他先是带我去咖啡馆里吃了点儿东西，畅谈人生。然后带我回家。苏先生说："你睡里边。"

我："不要。"

苏先生的手臂超级有力气，一个公主抱就轻松地把我整个人端起来，扔进床里边。

我不禁尖叫出声。

"嘘！"他比了个手势，说，"大半夜的，别乱叫！"

我闭嘴闷笑了一阵。两个人就躺在床上，什么也不说，什么也不做。

苏先生猛然间转头过来，仿佛刚刚意识到一个非常严重的问题，瞪着眼睛严厉地问我："你睡觉打呼噜吗？"

我："啊？"

苏先生："我可告诉你，我最烦别人睡觉打呼噜啊，磨牙什么的。"

我无奈地说："哪有女孩子睡觉打呼噜的啊！我不打呼噜，也不磨牙！这不应该是我问你的问题才对吗！"

苏先生："我怎么可能打呼噜！我睡觉特别轻，怕吵。"

我无奈，说："放心吧，我不会吵着你的。"

苏先生："那行，那我们睡觉吧。"

他说着，给我盖好被子，自己也盖好，一只胳膊搭在被子外面抱着我，他说："睡吧，我都困了。"

室内家具轮廓清晰。窗外有月色从窗帘的缝隙里溜进来，跟着一起溜进来的，还有二环路上深夜车辆驶过的"唰唰唰"声，让人心情感到平静。我在黑暗中轻轻呼出一口气，转头看他。苏先生紧紧地闭着眼睛，在很努力地睡觉。

我："你睡着了吗？"

苏先生："没。"

我："我给你讲个小故事吧。"

苏先生："好。"

我："从前，有两个饺子结婚了。洞房花烛夜的时候，新郎饺子发现新娘饺子不见了，床上躺了一个肉丸子。新郎饺子就说：'肉丸子小姐，你看见我的新娘饺子了吗？'肉丸子小姐说：'讨厌，人家脱光了你就不认识啦！'"

2010年3月1日，星期一。我的日记本上记得很清楚，这是我跟苏先生正式在一起的日子。

第二天早上，苏先生严肃地质问我："你哪儿听来的那个小故事？"

我："我也忘了，就前两天不知道在哪里看见的。我就会这么一个小故事！"

苏先生："以后不许给任何人讲！听见没？"

我："好。"

我没有说谎。我就会这么一个小故事。我也再没有给别人讲过。

就这一个小故事，我已经给苏先生讲了七年了。

CHAPTER 4

二环路

上的

爱情

1. 安定门到东直门

　　我喜欢北京的春天。

　　植物的生命轨迹在四季更迭里如此清晰。从安定门到东直门一路上，柠黄的迎春花最早开放，点亮了一整个冬季的阴霾心情。我喜欢走在这条路上，在那些显露出生命力的枝条间，寻找一些急不可耐地抢先开放的小花骨朵儿。到三四月间，从东直门外大街到库布里克书店的一条小路，迎春花开成一条亮黄色的飘带，走在这条路上，脚步轻轻，心事盈盈。

　　我在春天里皮肤过敏，智齿发炎，感冒发烧，没完没了地打喷嚏。我戴着口罩、墨镜、帽子、围巾、手套站在春风里，迷迷糊糊地感叹："啊，春天好好啊！"

　　四五月间，这附近的桃花渐次开了，柳树垂下嫩绿色的枝条，在白玉兰光溜溜的枝条上，夜色中仿佛是突然出现的大到惊人的花骨朵，总是能让我心里一颤。北京的春季短，如白玉兰极速绽放也极速凋零，花瓣掉在地上，像一张张烧黄的纸一样。

我总是在这样的季节里蠢蠢欲动。

苏先生拍拍我的头，说："乖，轻点儿作。"

2010年的春天，北京的柳絮杨花还没多严重。走在路上，尚且可以感受到一些美好。那年，我的QQ签名：北京的五月，是诗意的季节。

我跟苏先生的办公室地下恋情进展得并不顺利。那个晚上之后，第二天，我就反悔了。

我："你先去公司。我等会儿再去。要不你坐公交车去，我坐地铁去。"

苏先生："不行！你跟我一起走。"

我："我今天能请假吗？"

苏先生："为什么？"

我笑笑，说："我累着了，需要休息。"

苏先生也跟着笑了，一脸幼稚地问："真的吗？"

最后还是一起去上班的，一起进了办公楼。我趁他不注意，拐进了卫生间，到底还是没有跟他一起进办公室。

苏先生在QQ上对我说："我坐在这里正好可以偷偷看你，可我又不敢看太多次，就怕旁边的人发现了，闹得我一整天都特别紧张。"

我厌烦地关掉对话框。

这种被人从身后痴痴地望着的感觉一点儿都不好。我失去了往日的自在。

晚上下班的时候，苏先生磨磨蹭蹭地不肯走，等到其他同事都走了，他便陪着我一起下班。

苏先生："你晚上想吃什么？"

我自顾自地走路，不打算理他。

苏先生："喂！我跟你说话呢！"

我还是没有理他，继续走路。走了一会儿，再一回头，他人已经不见了。

我这会儿倒是挺惊讶的：人呢？难道不应该是他看我不开心然后哄我吗？

我只好打电话给他："你去哪儿了？"

苏先生在电话里发火了："我在路口了。我最讨厌叫人的时候人不理我！最讨厌这个！"

我呆滞了一秒，心想，这不是我们女孩子的戏码吗？

我无奈地叹了一口气，说："好，那以后你叫我的时候，我不会不理你了。"

苏先生："嗯。"

我："那你站在那儿等着我，我过去找你。"

我想要走走路，两个人就顺着二环从安定门往东直门走。

经他这么一闹，我心情更不好了。我说："要不然，我辞职吧。"

苏先生惊讶地望着我："为什么？"

我皱眉看他，心想这不是明摆着！我是你在办公室养的宠物吗？！但我没这么说。

我说："我上学的时候，就从来没有跟同班同学谈过恋爱。兔子还不吃窝边草呢！这回不知道怎么地就被你给整迷糊了！我大学同学，我们班长他特别喜欢我。有一回他跟我出去玩，坐公交车他还拉我手来着。但我当时比较害羞，吓得直接把手抽回来了！还有我们班大禹，我俩可聊得来了！还有俊哥，长得特别帅，人也特别有魅力！还有小白！特别有神秘感的一个人！我每一个都很喜欢！但是我一个都没有跟他们好过！为什么呢！因为我们是同学啊！就我这性格，风一阵雨一阵的，要是没有经受住一时的诱惑在一起了又分手，多难堪啊！还能好好做同学吗？同学聚会的时候怎么办啊！我整整四年苦苦挣扎死守底线，绝对不和身边的人谈恋爱。结果现在呢？我一想起来我就一肚子火！"

苏先生忽然站住了，死盯着我，看上去马上就要大爆炸了。

我一哆嗦："你干吗啊？这都是认识你以前的事，跟你有什么关系！"

苏先生："你现在是不是还跟你昆明的那个男朋友联系？"

我迟疑了一下，谎话不是一秒钟能编好的。但还没等我说话，苏先生就怒吼上了。

苏先生："不是已经分手了吗？还没完没了的，人家都有新的女朋友了，你竟然还敢骂人家女朋友，你胆子也太大了，你凭什么啊？！"

我一听，火也蹿上来了，我说："我那是为了他好。那女的是什么货色我比他清楚，老早就在他身边晃荡了，我才走几天她就贴上去了！我凭什么？我凭我以前是他女朋友！我是他初恋！你知道什么叫初恋吗？分了手的初恋女友那就是亲妈一般的待遇！"

苏先生："切！你疯了吧！"

心底的小恶魔蠢蠢欲动，我冷静又残忍地说："对了，我还没有跟你说过吧，我从来都是做人家的初恋女友的，你还是第一个有前女友的。我又为你破例了。不离不弃有意义吗？关心体贴有用吗？像你这样的男人，不都是对伤害自己最深的那个记忆深刻吗？我成全你！"

我又笑笑："我觉得自己是一个超级合格的初恋女友。我知道怎么爱一个人，也特别知道怎么伤一个人。咱俩就这样吧，再见！"

说完，我就转身走了。心情差到了极点。

二十四岁那一年，我的人生充满了迫不及待的纠结。就是一个还没闹完，下一个就紧跟着赶上来了。

我毫无逻辑地发了一番火，心里的话也压了下去。苏先生不知道的是，那天我收到了同学快递过来的司法考试的证书——法律职业从业资格证。以前我拿过的证书就是一张纸，而这个是国家司法部颁发的，两个本，一大一小，有点儿庄重。

过年回家的时候，我的小学同学来我家里看我，她对我说："听说你在北京当律师！"

我很吃惊，我跟她已经许多年没有联络过了。我问她："你听谁说的？"

她说："你妈跟我大姨说的，我大姨跟我妈说的，我妈跟我说的。"

同学走了之后，我就跟我妈吵架了，我说："你能不能不要在外面乱说！"

我妈不服气，说："这么好的事有什么不能说的！"

我烦得很，怒吼一句："我跟你说不明白！"

司法考试是成为律师的一个决定性门槛。法学院毕业的学生，仍然要通过考试，才能从事律师、公证员、法官、检察官这些职业。在2009年之前，司法考试的全国通过率不到百分之十，后来许是因为各大培训机构的兴起，到2010年通过率能达到百分之十五。新闻报道过某人坚持参加司法考试十年才通过。我在QQ群里认识了法学院的学生，他们中有不少人都是毕业之后一边工作一边复习。法学院毕业生就业率较低，群里有一个人只好去做建材销售员，然后一边工作养活自己一边复习，这样经过了五年，年逾三十，才通过了考试。

通过司法考试拿到一个从业资格证，然后要在律师事务所里实习一年，这一年里会拿一个实习律师的实习证，一年实习结束后，律所开具证明等一系列手续，再拿到正式律师的执业证件。

这一本本的证书，对于很多人来说，是一条漫长的征程。

决定参加司法考试的时候，我知道它有多难考。要考十几门课程，备考资料光是法条堆在一起就好高。但我从小就习惯了看书，这些全都是字的东西在我看来完全没有压力。而且读大学那些年，文学专业课程需要阅读的作家作品，我高中时期就在物理课和数学课上都读过了。大学时我就只好整天守在书店里看青春成长小说、爱情小说等，早就腻烦了。

在书店里，我翻着民法备考资料看。法条在我看来，还挺好看的！就像小时候看《新华字典》，长大后没书看的时候看《现代汉语词典》和《辞海》似的，比某些小说好看！

而司法考试的题目里，大部分都是案例，一道题就是一个故事，一段社会关系，甚至几段人生。我备考的时候，玩得还挺嗨。这个时期的阅读，从感性到理性、从自我到社会、从随性散漫到逻辑缜密，法学为我打开了一个新世界。

证书带给我妈的成就感和她毫不掩饰的期待，让我觉得做个律师挺好。

所以来北京之后，我也在闲暇时间里关注一下律所的招聘，在群里跟人了解律所的工作。某天下午，我仍旧在网络上闲逛，看到了一条北京律师执业的新规定。

看到这条新规定出台的那个下午，我并没有太失落或者深受打击，只是叹了一口气。

如果要做律师，我得离开北京，去任何一个城市都可以。当然，比较现实的选择是回昆明或者回沈阳。

如果不离开北京，就要放弃那个在很多人看来都十分珍贵的证书。

如果不离开北京，我要做什么呢？

2. **诗歌** 2010

2010 年，MOOK（杂志书）正流行。

2006 年，郭敬明创办《最小说》，饶雪漫创办《17》，安妮宝贝创办《大方》，张立宪创办《读库》；2008 年，张悦然创办《鲤》，明晓溪创办《仙度瑞拉》; 2009 年, 许知远创办《单向街》; 2010 年 7 月, 韩寒的《独唱团》发行, 这本书上市不久, 大望路地铁站的地摊上就有了盗版。

2010 年年初, 我所在的公司也准备做一本杂志。楼下周老师打算让苏先生来组建一个做地方刊物的编辑团队。而苏先生则认为, 月刊的编辑工作任务太重, 目前人员流动大、时间紧张, 很难做好内容, 不如做正流行的 MOOK (杂志书), 时间和形式都更灵活。不管做什么, 创刊号内容的筹备工作, 已经分派任务到我们每个人手里。

创刊号的专题内容是苏先生策划的: 民刊史。民刊, 是指那些没有正规发行的用于内部交流的民间刊物。而我被分派了一个较重的部分: 民间诗刊。

光是收集资料就用去了我大半个月的时间, 借此机会, 我也补充了过去没有关注的空白点: 现代诗。

北岛的《今天》, 于坚和韩东的《他们》, 黄礼孩的《诗歌与人》, 四川的《非非》《存在》《独立》《终点》《人行道》《芙蓉锦江》, 杨黎的《橡皮》等, 还有许多关于现代诗歌浪潮的资料。

苏先生在给我交代工作的时候说起这些, 小眼睛似乎都变大了, 闪着一点儿黑亮亮的光。

他对我说: "我从十五岁的时候, 就认定了自己是一个诗人。虽然现在已经两年没有写过诗了, 但我觉得, 一个人只要做过一天的诗人, 他就一辈子都是诗人。"

那天下班之后, 办公室里没人的时候, 我第一次在网络上搜索了苏先生的诗歌和小说。

办公室里的其他女孩子早就对我表达过惊讶了:"你竟然还没有搜索过主编?"

中午吃饭的时候,苏主编的一切是这些女孩子的聊天主题。她们心疼他,觉得他才华横溢,屈居于此,壮志难酬。每天中午听着这些母爱泛滥的感叹,我在心底狠狠地翻着无数白眼儿。

网络上有一些他十八岁时候写的作品,我很喜欢诗歌《没有街道的城市》和《我的女诗人》,还有小说《黑瓦房,黄土地》《大涝坝,长井绳》。

高中三年,我都在写小说。在学校文学社的社刊上发表过一些哼哼唧唧的小文章。电脑文档里有着许多中二病发作时候写下的只言片语。大学时候写了无数没有继续下去的小说开头,还有一个全是情绪没有完整故事的电影剧本。跟苏先生十八岁时候的作品一比,我原本就有的沮丧加剧了。我当即决定:我不写了。

我开始有一种日子过不下去了的感觉。

工作时间在办公室里收集资料,编写文章,下班之后立即离开。勉强自己挤一挤地铁,忍两站地而已,到大望路地铁站一出来旁边就有一家小豆面馆,吃一碗茄子豆角面,然后去光合作用书店闲逛,一本书也看不进去,就一本接一本地乱翻。待到晚上九点左右,才慢慢悠悠往家里走。

那会儿我换了一个房子住,在平房区,天气已经开始转暖,不怕冷了,平常去表嫂家里洗衣服洗澡。这里要比住楼房清静一些。

房间里的灯坏了,我整整一个月都没有修。回到家里就打开手机上的灯来照亮洗漱,之后披着毛毯缩进单人沙发里,点燃一根烟,不吸,在黑暗中看着那一点火光。

十四岁的时候，喜欢我的男孩子每天下晚自习后送我回家。他说："你在学校门口看见一个烟头儿的火光，那就是我。除了我以外，没有人敢在学校门口抽烟。"

我们走在那条没有路灯的黑漆漆的小路上，他感叹着说："真希望这条路没有尽头。"

我傻傻地反问："那我怎么回家呢？"

十年之后，我才明白那句感叹的含义。我拿起手机，找出通讯录里苏先生的电话号码，看着那一排数字，迟迟没有拨出去。

2010 年的春天，乍暖还寒。许多个夜晚，我就这样坐在黑暗里，一点儿烟头儿的红色火光，静静地看着手机上的电话号码，直到困倦，爬到床上睡去。

周六早上我还没有睡醒，苏先生打来电话，他说："我来看看你。"

我："你在哪儿呢？"

苏先生："我在大望路的光合作用书店。"

我："哦，那你等着我吧。我还没有起床，等一会儿再过去。"

苏先生："你别出来了，今天特别冷。我去你家找你。"

我："哦。到了我去路口接你。"

我起床简单地洗漱了一下，把被子铺平整，在睡衣外面套了大衣就出门去路口接他。

他远远地走过来，一脸不怀好意的兴奋。看见我之后，惊讶地说："你里面穿的什么？"

我："睡衣。"

苏先生："你这个疯女人！"

房间里有点儿冷，我打开电暖器，坐在床上。苏先生坐在房间里唯一的那个单人沙发上，一本正经地跟我说在书店里看到的书和最近的文化资讯。

我懒得听，打算去烧点儿水泡茶。刚一站起来，就被苏先生抱回到床上。

他说："想死我了。"

我低头看他，他抬起头来，小眼睛亮晶晶地望着我。

我说："真有那么想吗？"

"嗯。"他回答，"那还用说吗？！"

之后他躺在我的床上，一脸得意地说："我来的路上都看过了，你住的这片儿挺干净的，没什么乱七八糟的东西。"

我皱皱眉头。"你是视察来了？还搞突然袭击！"

"嗯。"他很诚实地答应，说，"我看看你住的地方，安不安全。"

我："我就是图清静。"

他注意到我丢在床头柜上的司法考试的证书。

"这是什么？"他拿起来看。

我简单地说了一下。他用不可思议的表情看着我。

我："怎么了？"

苏先生："那你现在准备拿这个证书怎么办？"

我："垫床脚啊！"

苏先生："别逗了，多可惜啊！"

我："还好吧。"

我略略回忆了一下，说："备考资料都是在昆明理工后门的盗版书大推车上买的，算上报考费才花了五百多块钱。九月考试，我全天复习是从五月才开始的，正经努力也就是三个多月。也没付出多少，还觉得收获挺多的。"

我看着他一脸严肃的表情，又笑着说："留着以后吹牛用啊！我前两天去了一家律所面试。特别有名气的一个律所了，结果实习生全都在阳台上，连个空调都没有。一人一张小桌子，就够放一个笔记本电脑。我当着所有人面说我是中文系毕业的，备考了三个月就过了司法考试，面试我的那个人脸上红一阵白一阵的。后来，推荐我过去的那个网友说，你是不是不想来啊，那一屋子人里面还有一半儿人没考过呢，另一半儿也大部分都不是一次考过的。哈哈……都被我添堵了。"

说完，我自己心里也发堵了。

苏先生："要不然，你想当律师，还是回老家吧。"

我翻了个白眼儿："我不用你告诉我该去哪儿！你不会以为我是为了你留在北京吧？少自作多情了。"

房间里安静了好一阵。

苏先生又问："你还写小说吗？"

我："不写。"

苏先生："你坚持写吧，好好写。不过就你以前写的那玩意儿，也能叫小说？"

我气得眼前发黑，他还浑然不觉。

苏先生："当律师也不太好，一个女孩子太辛苦了，又不安全。写小说挺好的，做编辑也很合适，文化行业里出版圈子还算是体面干净的，比较适合女生。你不懂的，我都可以教你。"

我："你走吧。"

苏先生："啊？"

我："睡也睡了，还不走赖着干吗？赶紧走！"

我把苏先生拽起来推出门去。

半晌，外面没了声音，他走了。

我躺回床上心里难受，随便拿起一本书来，书的封底上的一段话吸引了我：

我和你分别以后才明白，原来我对你爱恋的过程全是在分别中完成的。就是说，每一次见面之后，你给我的印象都让我在余下的日子里用我这愚笨的头脑里可能想到的一切称呼来呼唤你。

翻过书来一看，是那天在库布里克书店买的《爱你就像爱生命》。

胸腔里一阵翻涌，又一阵气急，我使劲儿把书塞到被子下面，眼泪不争气地流下来。

3. 光合作用

2010 年夏天，我二十四岁，体重三十六公斤。

我从小厌食，大学四年是我的体重巅峰期，一直都在四十三公斤左右。到北京的第一个夏天，我的衣服全都宽松了。

我跟其他女孩子没法儿聊天。好像世界上再没有另一个人能懂：看到面前的食物有种巨大的压力和恶心到底是一种什么感觉。好像也没有人在乎瘦会有什么不好。比如下雨天我不能出门，因为皮肤之下缺少脂肪，阴冷潮湿的天气会让我觉得骨头疼；又比如肠道疾病发作的时候，整个人瞬间就被抽去了所有力气。身体的激素是由脂肪来分泌的，所以我更容易疲倦、紧张、焦虑、神经衰弱。我的健康状况更容易受到季节更替的影响，如夏天气温高导致更加严重的厌食，如秋天总是心里一阵阵的荒凉，如冬天的抑郁和失眠，以及春天的过敏发炎。我不能冷着，不能热着，不能累着，不能饿着。头不能被风吹否则偏头痛，一定要远离空调；拎不了重东西，碰不得凉水；因为太瘦，一身骨头，睡床要软和否则肋骨硌得疼；坐车坐椅子也要软和靠背舒服，否则硌得后背疼；讨厌白光灯，怕吵，人多心烦。我只喜欢一个人待着。

"作"是一种体质，并非一种选择。

那年春天，我整个人焦虑得像一截随时可能烧着的枯木。

早上到办公室里，其他人吃着早餐摊位买来的鸡蛋灌饼、煎饼等食物。我吃着一盒冰激凌。

网站程序员小五看见了，惊讶地说："大早上你吃这个，作死呢你！"

我笑笑："我压压火。我快着了。"

一大盒冰凉的食物吃下去，竟然觉得心里好受了许多。

小五是一个喜欢打篮球的运动型男生，人很善良单纯。我有点儿怕他。因为每次中午一起吃饭，我面前的食物总会剩下一大半儿。小五就会一脸认真又温柔地说："小时候奶奶就一直跟我们说，饭必须吃完，碗里面一个米粒都不能剩下。"

　　我心虚地笑笑，我从小到大浪费的食物可能比我吃掉的还多！

　　第一份工作的同事是特别好的人。我很怀念在安定门花园胡同的日子。吃过午饭之后一起说说笑笑，彼此表达下关心。夏天，我穿着背心短裤走在胡同里，感觉自己还是一个十二岁的小姑娘。

　　小五又惊又笑地问我："你腿怎么啦？被狗咬了啊？"

　　我笑笑，那是被蚊子咬的，肿得好高。

　　后来，苏先生说："你总是让人特别心疼。明明是一点儿小事，到你那儿就变得让人特别揪心。"

　　他开始给我找工作了。

　　在工作的间隙里，苏先生QQ上给我发来几则招聘信息。他给我介绍整个出版行业几家公司的情况，介绍他们的老板都是什么来头，给我分析哪里更适合我去。他还安慰我说："你的简历绝对没问题，但这也要看时机和缘分。"

　　我回复他："我已经找好工作了。"

　　苏先生秒回："什么时候的事？哪个公司？"

　　我："就在我家附近，走路十分钟到。"

　　苏先生："干什么的？"

　　我："还没有定，约了我周六去咖啡馆改稿子。"

苏先生："面试怎么可能约在咖啡馆！"

我："那天我请了半天假就是去面试了。说还要再面一次，就约在了咖啡馆，周六。"

苏先生："到底是做什么的？"

我："攒书。"

苏先生："你不能去做攒书的工作。那活儿做得人就废了。你不能去！"

我："离我家近，走路十分钟就到。"

苏先生："老板叫什么名字，我了解一下。"

我："我不知道。"

苏先生："你不是去面试了吗？"

我："也没聊什么啊！就是问问简历上的事，问问为什么要换工作。"

苏先生："你怎么说的？"

我："跟主编胡搞待不下去了。"

苏先生："你脑袋有病吧？"

我："那个公司的主编也挺好的，他说我眉毛特别长。"

苏先生："你不许去！哪有面试约在咖啡馆的！"

我："他们公司周六休息，办公室没人，约我去办公室我还不去呢！"

苏先生："反正你不许去！"

我："你管不着！"

周六下午，苏先生给我打了三次电话。最后一次直接在电话里咆哮了："别再跟他聊了。你哪儿也不许去！你就在这个公司里待着！哪儿也别去！"

我淡定地挂了电话继续跟面前的人聊天。

面试我的男生套路太明显了：他先说这份稿子超级着急，让我跟着一起改。我正认真改得起劲儿呢，他又说不改了，非要跟我谈人生。谈完人生又跟我谈他的感情生活，说他已经不喜欢他的女朋友了。然后非要请我吃饭，问我平时都喜欢去哪里玩，夸我的风衣颜色特别，一般人驾驭不了。之后，才一脸茫然地看着我上了车跟他挥手告别。

之后我就在QQ上回复他："我不打算换工作了。"

他又劝说了我一阵子，约我下个月去内蒙古旅行。最后着急了直接说喜欢我。我跟他聊天的时候，被苏先生看见了。

苏先生暴怒："你别再跟他联系了，听见没？"

我："好！我跟他说一年之后再说。"

苏先生又怒："为什么要一年之后？"

我："那怎么了，我给自己留条后路不好吗？"

苏先生："万一他一年之后又找你看你怎么办！"

一年之后，那个男生果然在QQ上问我了。我怀疑他是设置了什么时间提醒之类的。

他说："我等你一年了，考虑得怎么样？"

苏先生知道了，暴怒！他标志性地拧着眉头说："什么叫他等你一年了？他有女朋友也叫等你一年了？"

我："他说算就算呗，我不太计较这些。"

苏先生："我看你现在怎么办！"

我："这还不简单吗？我回复他：再等我五年。"

苏先生："你脑子有病啊！你怎么能这么随便让别人等你五年？"

我："你以为我傻啊！我随便说说，他随便等等。闹着玩呗！你那么认真干什么！"

苏先生暴怒："你就是一个神经病！"

周末，我在家里无聊就出门去，打算在光合作用书店里看书到晚上，吃完饭再回来。

一楼人很多，我在卖小物件的区域晃悠了一会儿，就上二楼准备找本小说坐下来看。

结果刚一上楼，就看见苏先生坐在长凳上。

我一惊，他抬起头来，已经看到了我。

我："你来这儿干吗？"

苏先生："看书啊！"

我："你非得跑这儿来看书？"

苏先生："我来陪你看书。"

我："我看书不用人陪。"

两个人在书店里看了一会儿书。他又开始跟我说话："你就每天在这里看书？不累吗？"

我："我习惯了。我大学四年都是这么看书的，一本也不买。买了没地方放，早晚要离开，更麻烦。"

苏先生："别看了，咱们去别的地方。"

我随着他，出门右转，说："就去这儿吧。我计划好了在这儿吃晚饭的。"

还没到晚饭时间，小豆面馆二楼没别的人。两个人点了餐，就在二楼聊天。

苏先生："你别闹了，就在咱们公司好好待着。虽然现在很多事情还不靠谱，但周老师这个人还是有点儿门路的，慢慢地就都好起来了。"

我："跟公司没关系，我就是不想看见你。"

苏先生："我怎么着你了？"

我："你还想怎么着我？"

苏先生笑了，眼睛亮晶晶地望着我。

我避开他的目光，低下头盯着桌面，不想说话。

过了半晌，他又问："那你现在到底想怎么样啊？"

我歪头想了想："我明天请个假。"

苏先生："干什么去？"

我："哪儿也不去，在家睡觉。"

苏先生："为什么啊？"

我："不想看见你！"

苏先生生气了："你到底要干吗啊！是你让我抱你的！一开始你就知道怎么回事。现在又给我作天作地的。"

我："是你跟我表白的，还拿手拄着头，整出一副特别痛苦、特别纠结难过的样子来，说对我动心了，说自己已经两年多没有对女孩儿动过心了！"

苏先生："那是你先给我打的电话让我请你吃饭！"

我："是你过年的时候让我回北京打电话给你，是你说要请我吃饭！"

苏先生："是你过年的时候主动打电话给我！"

我："我那是在讨好上司，我那叫会来事儿你懂吗？"

苏先生："那你还每天早上给我洗杯子、泡茶，也是讨好上司？"

我："那你就想多了！我就是看不过去，你那杯子也太脏了！而且我就是喜欢打扫卫生，我在昆明上班的时候，办公室的每一个人我都给他们洗烟灰缸！"

苏先生气鼓鼓地半天说不出话来！

我占了上风，开动了一下脑筋，又补充了一条："是你下班不走逮着我掏心掏肺地倾诉人生！"

苏先生不屑地说："谁向你倾诉人生了！我跟每一个人都说过！办公室楼上楼下的女生她们都知道！"

我怒吼："我知道！我早就知道了！我中午吃饭听她们在那儿说！"

接着，我眼泪唰的一下子就下来了："我还傻乎乎地以为就我一个人知道呢！"

我抹了一把眼泪，说："行了，咱俩也都说明白了。这事从头到尾就是一个误会！你不喜欢我，我也不喜欢你。我现在正式跟你辞职！再也不见！"

我起身要走，苏先生拉住我："你别哭啊！"

我一把甩开他："你少管我！"

苏先生把我拉到他怀里，温柔地说："别闹了，我不喜欢你，怎么会跟你睡在一起。"

我一瞪眼睛，怒道："哎哟，您这金贵的玉体，睡我是瞧得起我啊？"

苏先生捂住我的嘴，笑着说："小点儿声，小点儿声。我喜欢你，你也喜欢我，不然你怎么会跟我睡。"

我："那可不一定，我主要是被你说服了。是你说的，咱俩这样的人，遇见了要是不发生点儿什么，那不是可惜了？"

苏先生："对吧，你也同意是吧？"

我一听又生气了！狠狠地瞪着他："所以现在睡也睡了，散伙吧！"

苏先生紧紧抱着我："不散伙，你现在是我的了。"

我翻了个白眼儿，说："睡了就是你的了？你想得真美！"

苏先生可怜巴巴地说："别闹了，你这么一闹，我整天心里乱七八糟的。"

两个人吃过了饭，下楼出来。站在地铁站门口，我也很想抱住他，很想留住他，很想躺在他身边放心地睡着。但我还是推了他一把，说："你回家吧！"

苏先生："我把你送到家。"

我冷着脸摇摇头，说："不用。"

他只好向地铁站里走去，嘱咐我到家给他发短信。

我迎着风往家里走，刚吃过饭的热乎劲儿一会儿就散了。心里一阵阵地发凉：费尽心机作了这么一场，"女朋友"三个字，我还是没听到！

后来的每个周末，我在家里想要出门去光合作用书店的时候，总有一个念头嗖地冒出来：他又会在那里等我吗？

于是整个人就心烦不已，在去书店与不去书店之间纠结不休。去了，难免要失落好多次；不去，在家纠结着更是心烦。

大望路的光合作用书店，原本是我在这个城市里唯一觉得可以停留、感到心安的地方，现在全毁了。我在书店二楼心烦意乱，怒气冲冲，恶狠狠地想：这家书店赶紧倒闭吧！

2011年10月，它真的倒闭了。

4. 夏日午后

2010年，五一假期，我妈来北京旅游。

我说："你别来，五一北京人太多了。表哥和表嫂都忙着做生意，我路盲哪儿也找不到。"

潜台词：我很闹心，我的去留很闹心，我的工作很闹心，我的感情也很闹心。

我妈还是来了。

天气忽然间就热了。我坐着地铁陪我妈到处走，天安门人山人海，毛主席纪念堂和故宫排队的人多到简直不剩下一方空地。每一次当我试图辨别东南西北，找到路的方向，我都有一种想要立即躺在地上被人群踩死的冲动。但我妈很开心，很兴奋。我只好带她去景山公园逛了一圈，正巧有郁金香花展，她很满意。

次日又去了圆明园。在福海边上，我妈少女心大发，一脸期盼地说:"你爸也来就好了,他肯定带咱们去坐船。"

望着宽阔的水面,我的心也平静了一些。我说:"那怎么没让我爸来?"

我妈说:"他不来啊!"然后她又一脸嫌弃地说:"再说你住的地方也太不方便了!卫生间还要出去走那么远。我可待不下去了。"

一股大风刮过来,我被刮得晃了一步。为什么不直接把我刮进海里,淹死我得了。

我妈离开北京之后,我开始暴走。

每天下午刚到下班时间,我就立即收拾东西走人。脚底带风一般,飞速下楼,出门走出大院走出胡同,沿着安定门内大街一直走,往张自忠路、簋街、东直门,再从雍和宫沿着二环路边回到安定门。我虽然不认路,但我知道,只要我遇着路口总是往左拐,总能拐回来。一路泄愤一般快步疾走,走到哪段路上饿了,就随便进附近一家餐馆吃饭。最后再坐地铁从安定门回家,疲惫不堪地倒头便睡。这样大概过了一个多月,到底还是病倒了。

高三那年我得了一种胃肠痉挛的病,之后大概每年会发作一次。去医院检查了没有任何问题,医生说是由情绪压力引起的痉挛。每次发作都是血压低到可怕,眼前发黑,头皮发麻,之后呕吐腹泻。折腾一气之后,小腿抽痛,浑身瘫软。第一次发作,是在校外补习班的课堂上,脸色苍白,汗珠滚滚。补习班楼下的诊所给我量了血压说不敢接收。在昆明时,有一次在公交车上,我紧急下了车,在路边吐了一阵子,清醒之后打电话叫男朋友来接。最可怕的一次,是在小西门的沃尔玛里,我一个人逛街买东西,结果突然发作。我依靠着微弱的意识下楼去肯德基的卫生间里，那次发作得有些严重，事后感觉整个人像是死过一次。每次都是急性发作，之后只是浑身无力，不必吃药也没有任何问题。这样的情况发生了几次，我自己也就知道了，不会感到害怕，也知道怎么处理。

在北京第一次发病，我也是一个人。可能是出汗受风又着了凉，第二天头痛欲裂。这在以前倒是没有的。我浑身酸痛，脑袋里好像有一根线，身体每动一下，它就要断掉了的感觉。昏昏沉沉一整天之后，胃里空空的。我勉强自己爬起来，手扶着墙一路走出去，到附近的药店买药。我知道自己没什么大问题，就只买了几瓶十滴水和一盒抗感冒病毒的口服液。又在小摊上买了一碗面。回到家里，吃了面，吃了药，感觉眼前不发花了，力气回来了，眼泪也才掉下来。

周一早上，我便恢复如常了。我去上班，然后在午休时间跟苏先生在 QQ 上说："这次我是真的想辞职了。我打算休息一阵子，然后再找工作。"

苏先生回复我说："你先别着急走。因为我马上要离职了。"

我们的杂志创刊号已经筹备好了。专题内容的稿件，苏先生亲自撰写，我们其他几个编辑也做了大量的工作。虽然这些对于新人来说有点儿赶鸭子上架，但全部做完之后，那种成就感真的很令人兴奋。大家厚着脸皮把自己能想到的人脉资源都用上了，约了几个知名作家的专栏稿件和采访。杂志创刊号筹备得有模有样，排版的姑娘在苏先生刻薄的要求下，反反复复地修改。苏先生还让我们每个人去策划下一期杂志的专题。我心里早有了一个：一座城市，一间书店。

我在豆瓣上联络了在苏州开了他的第一家概念书店的店主徐先生，

他说慢慢地他会在全国其他城市也开起分店。书店的名字我特别喜欢：猫的天空之城。

内容准备完毕，杂志刊号的事情却迟迟没有踪影。楼下的周老师一再跟我们说快了快了，最后事情还是黄了。苏先生再次劝说周老师用MOOK（杂志书）的形式，估计是拉锯战了有一阵子，苏先生终于翻脸了。他另找了份工作，弃周老师而去。

苏先生走后，办公室的人心就散了，开始有人陆续地离开。最惨的时候，办公室只有我一个编辑和网站程序员小五。在这种人心大乱的时候，我反而觉得舒坦了，清静了。我换了一个工位，每天上班下班，看书，看杂志。

2010年，《城市画报》这本杂志很流行，好几期的专题都深得我心。我在旧杂志摊上收集了《荒岛图书馆》专刊，"少数派阅读报告""每个人都有一个读书的秘密""你好，独立书店"，还有"读家秘方"。根据杂志上的信息，我找了更多的书来读。大概2011年，我终于在杂志上看到了与"一座城市，一间书店"类似的专题，感到十分欣慰。

那时候，苏先生每个周六都要买一份《新京报》，就是为了看"书评周刊"。二环路边的报刊亭，周六那天若是出来晚了，就有可能买不到《新京报》了。又宅又懒的苏先生，愿意为了一份《新京报》而下楼去。有时候他没有买到，就发短信给我让我在家附近找找，帮他买一份。慢慢地，我也有了这个习惯。周六的"书评周刊"除了一些精彩的书评、新书推荐、作家访谈类的专题文章，还有各大书店的图书销量排行榜以及畅销书现象解读。由此可以了解到图书出版市场的一些趋势。

2015年，苏先生出版了他的第一本书《没有街道的城市》。《新京报》的"书评周刊"5月23日整版刊登了这本书的书评。这份报纸现如今也被我装进了画框，挂在家中墙上。

苏先生离开公司之后，周老师约了他几次，他回来聊天，就会上楼来看我。

渐入夏季，天气的变化让我开始觉得轻松了一些。我在办公室养了一瓶竹子，也换上了轻薄的衣服，五楼办公室的窗户边上就有好大一棵树，树叶子在阳光的照射下闪闪发亮。工作时间闲了，我就看这树叶子，能看一两小时。

一个周五下午，苏先生推门进来，我正一个人在办公室里，背对着门口望着窗外。我听到声音，回头看他。

他穿了一件粉蓝色的 T 恤，显得皮肤更白，整个人很精神。不像冬天那样，似乎被衣服压得透不过气来。我的心一颤一颤地静静望着他。

他没有客套，坐在我旁边的位置伸手把我拉进怀里。

他在我耳边说："女孩子扎起马尾露出耳朵后面的发迹线，特别性感。"

那时候，我的长发刚刚过肩。他伸手摸摸我的头发，不再说话。

初夏的阳光将室内照射得明亮温暖。我侧身看着他，我们都是属于这阳光的，肆意自在又梦幻。

他的大手摆弄着我的小手，说："你扎个马尾，又穿成这样，勾引我干吗？"

我笑了，说："我穿成什么样了？"

我穿了一条浅蓝色的贴身牛仔裤，一件再普通不过的白色 T 恤。

苏先生："我最喜欢穿浅蓝色牛仔裤的女孩子。你还穿了个白背心儿，更性感了。"

我笑话他："什么白背心儿，这不是背心儿，这是 T 恤。"

苏先生："都一样。"

正说着话，程序员小五回来了，他在外面敲门。

进门之后，他望着我俩，说："你俩锁什么门啊？"

苏先生说："没锁啊，可能不小心就锁上了吧。"

没过多久，小五被周老师叫了过去。又剩下我跟苏先生。

我责备苏先生说："你锁什么门啊，此地无银三百两。"

苏先生："你也不想让别人知道是吧，那你还闹什么呢？"

我："那不一样。"

我又打量了他一下，说："不过，我告诉了一个人咱们俩的事，我都跟她说了，还让她替我保守秘密。"

苏先生："谁啊？"

我竖起眼睛，气呼呼地说："送你红袜子还让你去她家过年的人啊！"

苏先生伸手捏我鼻子，说："醋劲儿真大！"

小五再次返回办公室的时候，苏先生依依不舍地跟我们告别了，然后又悄悄对我说："改天来看你。"

我终于有了一种恋爱的感觉。

周六天气特别好，没有风，阳光又好。北京不冷不热的日子弥足珍贵。我在表嫂家里洗过衣服，就去东郊市场逛。花鸟鱼虫市场令人精神振奋，我又买了一些竹子养在家里。

一路晃晃悠悠地回家，在路口看见了苏先生。

我惊讶地望着他："你怎么在这儿？又搞突然袭击！"

苏先生笑着："我来看看你。"

两个人进门，我把竹子放进花瓶里。近来心情不错，家里被我好好布置了一下，也算小温馨。

苏先生一边打量我的房间，一边说："天气这么好，你就不出去约个会？"

我故意说："我这不是才回来嘛。"

苏先生竟然认真了，有点儿生气地说："跟谁？"

他这么一问，我也生气了，说："你管不着！"

说完赌气地坐到一边不理他。

他自觉没趣，开始翻我的书本。

我对着墙壁生了一会儿气，转头才发现他竟然在看我的日记！赶忙上前试图抢下来。

苏先生拦住我，手指着本子问我："这是什么意思？"

我从小喜欢日记本。第一次见到日记本，是在我二伯家里。二伯母是高中老师，书架上除了《辞海》和一些没意思的书，还有一大排印着"工作笔记"四个字的记事本。那年我才几岁呢，记不清了，还在上小学。我跟我爸说我想要一个东西，我爸问我想要什么，我不好意思说就开始哭，那可能是我第一次主动提出想要一样东西。我爸哄了我好久，终于问明白了，是记事本。

爸妈都在造纸厂工作，我很小的时候，家里就有好多本子，但都是我爸用白纸给我订的。我在这些本子上写写画画。那还是我第一次见到带着红色塑胶封皮的本子。我妈说家里那么多本子，还不够你祸害的？我就又哭了。但没过几天，我爸就真的给我拿回来一个带着粉色塑胶封皮的记事本。那是我的第一份礼物。长大以后，遇见好看的本子，我总要买下来。

"你怎么那么喜欢本儿啊！"苏先生也感叹过。

我一直都有写日记的习惯，事情放在心里想不明白，写在纸上，就明白了。

2010年，我开始用封面上印着年份的记事本，每一天只占半页，一两句话记录一些琐事，一年三百六十五天，也是厚厚的一本。

苏先生指着本子上的数字问我："这是什么意思？"

每天半页的日记上，有些角落处，记录着数据。

我抢过来日记，抬头定定地看着他."你真想知道？"

苏先生："嗯，两颗心后面跟一个数字是什么意思？"

我又看看他，才说："跟你在一起的次数。"

苏先生反应了一会儿，才瞪大了他的小眼睛，说："你记这个干什么？你这个疯女人！"

我挨近了他，轻轻地说："怕你不认账啊。"

苏先生矮下声音，说："一天疯疯癫癫的。"

我凑近他的耳朵，咬着他的耳垂，含糊着说："这是注定要发生的事情。"

"嗯？"苏先生发出疑问的声音。

我单手翻开日记本，翻到 3 月 1 日那一页拿给他看。

2010 年 3 月 1 日，星期一。"这是注定要发生的事情。"那一天的日记，这样写。

苏先生面容一动，眼睛浮出一层水光。在这层水光中，他似瞬间定了决心一般——吻我。

5. 书店和画廊

2015 年后半段，在我的二十代将至过完的冬天，我终于肯承认：多年以来，我的心里始终被无情的岁月精心种植着恐惧和不安。

在昆明读书的日子，我在学校里习惯做的事是一个人到教学楼二楼的露台上，晒着太阳发呆。别的女孩子避之唯恐不及的强烈紫外线，在我眼里像是可以光明磊落地暴露出来的心事。在云南读书有个好玩的事，就是每逢节日似乎都会举办篝火晚会，围着篝火唱歌，跳着节拍简单的舞蹈，喝酒。而我在这名正言顺的热闹中有着无处躲避的孤单。

有一年跨年篝火晚会，我避开热闹的人群，一个人在宿舍里。在狭小的六人间里来来回回走了几个小时，中间停下来，在日记本上写下细密的心事。跨年倒数之际，我焦虑地试图捋清楚自己的烦恼，好像这是一件不能再搁置下去的事情。

那一年的我，不缺少新鲜的书本来读，不缺乏闲暇的时光，不缺乏谈得来的同学朋友，我甚至离家千里之外，无拘无束。

可是我心里的那个自己，就像高中时期面对的物理和数学那样让我无从下手。我的心，就像一碗清汤，汤面浮着一层无法忽视的油花儿那样，浮着一层无法归类的不满。

这种感觉在我二十代的十年里，一次次不期而至，成为我对活着这件事最大的恐惧。

和苏先生在一起之后，这种不安得到恰如其分的缓解。我喜欢他那命里长出来的戏剧感。

那个周末之后，周一上班，早上一进办公室，我就看到了苏先生。

我的心剧烈地跳动起来，停住脚步，直勾勾地看着他。

苏先生："看什么看，不认识啊！"

网站程序员小五笑出声来。

我："你干吗？"

苏先生："上班啊！"

我转头问小五："你知道吗？"

小五："我早上来也吓了一跳。"

我又气又笑地坐到工位上，现在，我们两个人的位置隔着一条过道。

我在 QQ 上问他："前天怎么不跟我说？"

苏先生回复："给你一个惊喜。"

我翻了一个大白眼儿给他："怎么又回来了？"

苏先生："闹够脾气了，就回来了。"

我转头看看他。他带着幼稚的得意，让我觉得心情舒朗。

他从桌子上拿过来一盆仙人球，递给我，说："把这个给我养好了！"

我接过来，把它摆在窗台上的竹子旁。

我过了一阵子短暂又无与伦比的幸福时光。

公司里的业务没什么起色，大家都在闲闲度日。苏先生从家里给我拿了一本书，叫作《老猫学出版》。他说，这本书里有一个编辑新人所需要知道的一切基础常识。我仔仔细细地看了，还用心做了笔记。他平常关注着文化资讯、出版讯息，一有什么消息就会跟我们一起分享。新出版的书籍刚上市，他便买回来阅读，让我们一起鉴赏排版设计和封面设计，了解业内知名的设计师和熟悉选题动向。

他总是说："你得知道什么才是好东西。做不做得出来是一回事，知不知道什么是好东西，那是另一回事。"

除此之外，他还购买大量的商业杂志，《第一财经周刊》和《创业家》在那一年也颇具风头。周末，他喜欢带我去书店的主题活动、作家新书见面会。

2010年夏天，他带我去东直门附近位置极其隐蔽的龙之媒书店，去当代MOMA的库布里克书店，偶尔去王府井和西单的图书大厦，但我们常去的还是最初开在蓝色港湾的单向街书店。

那段夏日时光，以北京城的书店和路边报刊亭为点，编织起一张又甜又毒的网。在后来的许多次闹翻分手的日子里，我一个人走进这些书店，一个人走过路边报刊亭看到熟悉的杂志，那张网便会极速收拢，将我困在原地，无法呼吸。

在我一个人乘坐 682 路公交车到蓝色港湾附近，下车，将要走向单向街书店的时候，我在人行道这边等待绿灯亮起。这一分钟，回忆已经开始解锁，威吓又引诱着我。

在单向街书店一楼，我看到一本小小的书——《一个人的好天气》。看着封底的语句，我决定把它买下来。后来，这本书陪着我度过了许多手足无措的瞬间。一个篇幅不长的故事，我反复阅读。无论我阅读的是哪一个段落或者哪一句话，在我心里驻扎的，始终是封底的那一段：

就这样，我不断地更换认识的人，也不断地使自己进入不认识的人群之中去。我既不悲观，也不乐观，只是每天早上睁开眼睛，迎接新的一天，一个人努力过下去。

全靠这一段话，我在这张大网的紧缚里，活了下来。

2010 年 7 月，我辞去安定门的工作，换到一家艺术杂志做采编。公司在 798 艺术区。入职的第一个星期，闲着没有什么事情做，我收集资料和阅览杂志专题，把当代艺术和当代绘画的事件与人物熟悉了一遍。早上十点之后才上班，十点半各个画廊才开门。第一个星期，上司交给我的任务，就是熟悉知名的画家作品、画廊、拍卖行的信息。在北京七月已经开始炎热的夏季，我一瓶接一瓶地喝着水，一个画廊接一个画廊地逛，逛完 798，就去草场地艺术区，玩得那叫一个畅快。我也知道了当代绘画作品当时卖得最贵的两位：曾梵志和张晓刚。知道了尤伦斯夫妇和"艺术品套现"这个词。

画廊让我喜欢的，还有那种空旷感，而且是一种凉飕飕的空旷感，画廊内的空旷和艺术区的那种北京城内罕见的人烟稀少的感觉。作品必须挂在那些空旷的空间里，虽然只是一幅面积几平方米的画，但它需要比它大几十倍的空旷，才能承载作品内的体积，才能让站在它面前的人，让我，找到自己停止脚步的坚定讯息。在一幅喜欢的画面前，那种感觉就像是，你脚底下踩着的那块地面，就是整个星球你最应该存在的地方。我总是在这样的时刻，深深地呼出一口气。

我在艺术区的一个画廊隔壁，看到一个居住在此的画家。他手上沾着颜料，穿着松松垮垮的衣服，头发凌乱。在简陋的画室内，他什么也不缺。

他指着墙上的一幅画像，说这是一位女诗人。他问我："你也是女诗人吗？"

我笑笑，摇头。我叹了一口气，说："我男朋友是一个诗人。"

他确认地点点头。

从画室走出来，我想，我身上应该是沾了苏先生的气息吧。

工作不到两个星期，杂志社里开了一次会。投资公司的老板过来给编辑部的人开会。我不巧坐在了空调底下，一阵冷气正好吹在我的后颈上。我打了个哆嗦，回头确认了下气流的来源。我便拿胳膊碰了碰隔壁同时入职的姑娘，示意她往一边挪一挪。她没有会意，伸过头来示意我讲话。我只好又推了她一把。开会完毕，大龄单身女主编把我们两个叫到主编办公室一阵咆哮。大意就是，我们两个作为她部门的人，竟然在投资人会议上讲小话，给她丢尽了脸。

我看着这个在办公室闲聊时公然诅咒街上恩爱情侣的女人，我能体谅她的神经紧张。

所以，我说："好，那我引咎辞职。"

我并没有打算要那不到一个月的工资，所以立即就出门逛画廊去了。

在那之前，苏先生来陪我逛过一次 798 艺术区。

他说："你这个路盲，能行吗？"

他也凑热闹地看了大量的艺术品行业讯息。我在 798 艺术区里进了画廊转完出来就蒙了，辨不清方向。他带我一遍遍地走，不放心地训斥我："你走路的时候能不能带上脑袋！"

我跟同期入职的小女生一起去草场地艺术区，她不喜欢画廊，一边走一边嫌热地抱怨着。我被她吵得心烦。在一家做展览的画廊里，她一个人先进去了，结果秒速带着哭腔尖叫着跑出来。我只好去看：原来画廊一进门，场地中央便是一大片各种姿势的裸男塑像。我于是开怀大笑起米。

辞掉工作之后，苏先生冲我发火了。

他说："你怎么就是不听我的。去这家的时候我就说不靠谱，你偏说觉得好玩，现在又屁大点儿事就辞职了。你就不能好好地工作吗？整天浪费时间！"

我反问："你现在的工作靠谱吗？"

苏先生一拧眉头："我不是没出去做过啊。在外面那些公司里，我做一本书和做一百本书，没有区别。我在这儿，还能做出点儿事情。"

我同样反问："那为什么我就要出去做这种做一本书和一百本书没

有区别的工作！"

苏先生："你还什么都没做过，就给你狂成这样！"

我："那我去做！然后做完，我再狂成这样！有区别吗？这才叫浪费时间！"

苏先生被我气得说不出话来。半晌，他总结："我不明白，你怎么就整天跟我拧着来！还穷横穷横的！整天仰脸朝天的，看着就撮火！一开始跟我装温柔，装好脾气！现在全暴露了！"

我也生气了，血往脑袋上冲，思路清晰得不得了："我什么时候装过温柔装过好脾气！你误以为我好脾气那是你自己主观美化，还赖着我了？你睁开您那小眼睛好好看看，我哪里像好脾气的？就我这张脸，任何一个人看我一眼就知道我脾气不好！你少在这儿给我扣帽子！我犯得着跟你装？"

刚巧出租车路过，苏先生一把扯过我，拦下车把我塞进去，喊着："滚滚滚滚滚！"

"滚就滚！"我摔上车门大喊。

他指手画脚地替我安排人生的姿态，让我厌烦到了极点。那段时期，我在苏先生心目中，是彻头彻尾的白眼儿狼，脑子有病，不务正业还疯疯癫癫。而苏先生在我眼里，更是挑三拣四、无处不在、神经紧张、动不动就翻脸的坏蛋！

我喜欢这样的坏蛋，他让我感到自己每分钟都战斗力满满。

6. 花园胡同

2002 年，十六岁的苏先生考入县城的重点高中，打开了甜蜜又忧伤的少年心。

在那个群山环绕的大西北小县城，他们学校里可能有着一位隔着大山也少年心不改的教员。同样是高中时期的校服，我们学校的运动服比全中国平均丑度还要高。新校服发下来那天，教室里一片哀号。穿上之后家长看了都生气：这是什么烂校服？胳膊上一大截黑布，给谁戴孝呢！而苏先生的高中校服呢？男孩子是合身的中山装，女孩子是海军服的白上衣和深蓝短裙。

2010 年 6 月，电影《80 后》上映。沈星辰和明远上了高中，学生在操场上跳交际舞的画面一出来，苏先生激动地拿手指着说："我们学校的校服就是这样的！我们学校的校服就是这样的！"

我一巴掌把他的手拍下来，说："激动什么！"

2012 年，我们结婚前拍婚纱照的时候，苏先生说："我要穿中山装照一个。"

2015 年，我跟苏先生饭后逛街，苏先生说："我不要买西装了，我要买中山装。"

2017 年，我坐在沙发上吃着水果煲剧，苏先生在外面对镜打发蜡，他说："老婆，你给我找个裁缝，我要定制一套中山装！"

苏先生穿中山装，确实很帅。

一直以来，我并不觉得他长得有多好看，我喜欢那种桃花眼的古典美男。当然，这跟我大二时期沉迷于耽美小说、BL 同人漫画不无关系。

苏先生是占了这几年韩流明星大热的便宜，使他的长相符合了主流审美。他很韩范儿，巴掌大瘦瘦的脸，单眼皮小眼睛，皮肤很白，头发毛茸茸的。再加上看书多，写诗，气质很是不俗。他这些年沉稳了许多，对人很温和。大家已经开始觉得他的长相是一个标准的好人。但在 2010 年的时候，处于青春期后期的他，还是一副愤世嫉俗的样子，一脸戾气。如果他嫌弃一个人，那表情和眼神，真的把你嫌弃到了骨子里。他看你一眼，你都觉得自己不配做人。他生气发火的时候，语言恶毒至极。一双眼皮瞬间变成两张薄薄的刀片，看你一眼就是割你一刀。

有一次，我们两个人吵架。他又拧着眉头，单眼皮硬生生地支起来，那张脸看上去别提有多可恶了。我吓得一边哆嗦一边从包里掏出化妆镜，感觉就像把照妖镜竖在他面前一样，冲他一照，大喊："你看你自己现在成什么样子了！"

他一愣，扫了镜子里一眼，然后伸手抹了一把脸。再看向我时，他的眉眼竟然秒速恢复到日常的样子。这种情景真实地发生在我眼前，我没有被吓到，我笑场了。

谈恋爱时甚至到婚后，苏先生令人捉摸不定的脾气使我大伤脑筋。

后来，我冷静下来集中智慧思考了一段时间，得出一个结论：苏先生在外人面前，成熟，沉稳，老干部；苏先生在我面前，青春期！

2010 年 7 月，从艺术杂志社辞职后，我一个人在家吃吃睡睡地懒了三五天，实在是懒够了，就出门去书店。光合作用书店里，韩寒的《1988：我想和这个世界谈谈》刚刚上市，我买了一本带回家里看。从高一知道"新概念作文"开始，所有的《萌芽》杂志和相关作家的作品，我几乎从未错过。

回到家里，躺在床上，一气儿看到凌晨才看完。睡醒之后，已经是下午了。我躺在床上发呆，有一点儿想念苏先生。可是吵过架之后，我们便再没有联络。我看到床头摆着的《1988：我想和这个世界谈谈》，一下子想到了去见他的借口。

飞快地起床洗漱打扮，我把书装进包里便出门坐地铁，直奔安定门花园胡同去了。

那是一个宁静的夏日午后，林荫小路上有着北京夏季特有的气味，蝉声让空气更热也更安静。急匆匆的我，进了大院儿就放慢了脚步。那种感觉，就是让你觉得，整座城市都很安静。楼道里很安静，甚至连风都很安静。办公室的门开着，里面的人都在工作。

我站在门口，忽然不想再动了。我倚着门框，望着苏先生坐在正对着门口的电脑后面，一瞬间什么力气也不想再使，不想掠夺得到什么。

我就这样静静地站了一阵子。苏先生跟旁边的程序员小五说话，转头再转回头的瞬间，望见了我，"啊"的一声叫出来。

小五被他吓了一跳，回头望见我，说："你不进门站在那儿吓唬谁呢？"

我进门，坐下来，把书递给苏先生："韩寒的《1988：我想和这个世界谈谈》上市了。"

他定定地望了我一阵子，才把书接过去翻看。

我下意识地拿出包里的手机，才看见他在五分钟之前给我发的短信："在干吗呢？"

那个晚上，苏先生说："我看到你站在门口，那一瞬间我以为自己出现了幻觉。"

他把我的头埋进他的胸口，紧紧抱着我，说："我还以为，我想你想疯了。"

柔情蜜意之后，苏先生就又犯病了。他说："你走吧，不要再来找我了。"

我深深地叹了一口气，问他："又怎么了？"

苏先生："咱们两个不合适，脾气都太犟了，谁也不让着谁，不要再这样纠缠下去了。"

我投降地说："那我让着你。"

苏先生发出不屑的声音："你说得好听！"

我不知道还能说什么，空气安静了一会儿。忽然间，苏先生平地暴怒，简直要从床上跃起来似的，冲着我大声说："你以前的男朋友都是他让着你是吧？你别以为我能像他那样！"

我整个人都还在被子里裸着，一口老血涌上心头，怒吼："你有完没完？"

苏先生："你看，你又发脾气了！刚才还说让着我？哼！你一天说得比唱得还好听，到事上你就说翻脸就翻脸！"

我被气得简直要打通任督二脉，周身血液奔涌。我飞速地起床穿衣服，收拾东西，愤怒地从钱包里掏出一些纸币来，扔到苏先生脸上。

他还在被子里躺着，偏头把纸币从脸上弄走，拧着眉头不耐烦地说："干什么？"

我："让你知道什么才叫翻脸！我嫖完付钱！"

说着，我摔门而去。

我一路走，一路哭。地铁上的人纷纷侧目。我顾不上他们，眼泪要往下掉，我也没办法。

回到家里第一时间把苏先生的QQ拉黑，把电话号码删除，然后抱着被子继续痛哭。

我和男朋友早已经不再联络了。上一次他打电话过来，说找了一个新女朋友，背影特别像我。

我说："你别犯傻了，也别再打电话给我。"

他说："不用这么狠心吧？"

我说："我也有男朋友了，他脾气不好，你这样的话，我会很辛苦的。"

他说："我懂了。"

我听得出来他的声音好难过的，可我还是狠狠心说："永远永远都不要再联络了。你把我的电话号码删除，跟女朋友好好在一起，也不要再跟她说起我了。"

他说："好吧，那再聊一会儿，以后就没机会了。"

无论过去多少年，想到这句话，我还是会流泪。

男朋友就此退场了。若人生如戏，我给他的戏份也已足够。

我在家中心情低落了数日，被表嫂叫去吃饭。她看我不上班也不出门，说我："这样下去不是办法。瞧你瘦的。"

刚来北京的时候，从南方到北方适应气温变化，胃口很好，吃表嫂做的饭，还胖了一点儿。北京的夏天一来，我整个人瘦了一圈。

我想了一会儿，说："我回老家去吧。"

决定了回家之后，苏先生像是嗅到了气味一样，打电话给我。

我接了电话："干什么？"

苏先生："问问你。"

我："问什么？"

苏先生："你找到新工作了吗？"

我："不用你管。"

苏先生："不工作你吃什么？"

我："我有表哥表嫂在北京，饿不死。"

苏先生："哦，我总是把这事给忘了。我还不是担心你。"

我："我没遇见你时的前面那二十年，活得好着呢！"

苏先生在电话那端发出一阵笑声，说："那你现在打算怎么办？"

我："我要回家了。"

电话里安静了好一会儿，苏先生说："那你出来吧，我请你吃饭，就当是散伙儿饭吧。"

散伙儿饭吃到了床上。

苏先生背对着我，说："北京到沈阳坐火车多少小时啊？也没多远吧？我可以经常去看你。"

我："你去看我干什么？我回去以后就要开始新生活了。还跟你扯什么？"

苏先生："你在沈阳有同学是吧？"

我："小学同学，高中同学，多的是。"

苏先生："哦，那挺好的。要不你的证书就浪费了。"

我伸手抱住他。苏先生太瘦了。我的手贴在他的胸膛上，他肋骨上的皮肤薄薄的，感觉像是有一颗心脏被我握在手里跳动。

我感到胸腔里砰的一下，什么东西碎掉了。那应该是我第一次感受到他的脆弱，第一次去试着猜想他可能会受到的被伤害的感觉。

我又抱了抱他，说："你可以给我打电话。"

我回老家不到两个星期的时间，苏先生每天都给我打电话，有时候一天还不止一次。

我在沈阳乱晃了一阵子，感觉做律师也没什么意思，起点太低，也没什么门路。于是又开始在网上投简历，往北京的公司。

收到面试通知后，我就跟苏先生说起，他说："那你回来吧。这家公司挺靠谱的。"

我说："好。"

离别让思念更清晰。我想念花园胡同，想念那些个夏日午后。我想象自己变成一个会飞的透明的人，飞去那间办公室里，飞到苏先生身边看一看，就看一看。他看不见我，也就不会被打扰，没有伤害。

所以，当苏先生说让我回去，他兴奋的声音鼓舞了我。

我说："那我真回去了。"

"嗯。"他在电话里坚定地回答。

2010年国庆假期刚过，我又来到了北京。秋天迅疾而来，我在冰凉的雨天去面试，很快接到了入职通知。公司就在雍和宫附近，苏先生第一时间为我庆贺。

我二环路上的爱情，又回来了。

CHAPTER 5

三环路

上的

少年心

1. 少年苏先生

恋爱中的苏先生，总是很没有安全感。

结婚以后，有一天走在路上，苏先生猛然望了望我，说："你有多高？"

我："啊？"

苏先生："你身高有多高？我才发现，你怎么这么矮啊！"

我："我不是一直这么高嘛！我又从来不穿高跟鞋。我从来都是这么高啊，又没有变过！"

苏先生："你就告诉我你有多高？我印象中你挺高的啊，你脸长显个儿是吧？"

我翻了个白眼儿，说："神经病。我不是在你面前站着呢嘛！"

苏先生："那你敢不敢告诉我你有多高？你有一米六吗？"

我："我一米五八点儿九。"

苏先生："多少？"

我："一米五八点儿九。"

苏先生一脸蒙："一米五八点儿九是多高啊？"

我偷笑不理他。

苏先生："你这个骗子！我被你骗了。你还说你的胸会长大呢！"

我："哎呀，你就认命吧。"

2010年10月开始，我在一家言情小说网站做编辑。工作内容其实也很简单：跟作者聊天，不分工作时间还是工作之外的时间，什么都聊，聊作品也聊作品之外的生活琐事；维护老作者，签约新作者；催作者更新小说，谈合同，走公司内部的流程，等等。

我比较懒，业绩提成对我来说毫无吸引力。我高兴聊就聊一会儿，不高兴聊就想干什么干什么。完成基本工资的考核目标就好。上司喜欢下班后开会。我说："哦，你们开吧，我要回家了。"

公司比较正规，打卡迟到十五分钟之内不扣钱，只要下班晚十五分钟即可。所以我也没有一天是按时上班的。

我回到北京之后，还住在原来的房子里。

苏先生发现了，惊讶地问我："你上次回老家没把房子退掉吗？"

我："没有啊。"

苏先生："你不是离开北京了吗？都没退掉房子？"

我："我为什么要退掉啊，万一我还回来呢？"

苏先生："你没说你还要回来啊！"

我："我也没说我再也不回来了！"

苏先生："你没说过吗？"

我："没有啊。"

苏先生："哦。"

过了一会儿，苏先生说："我以为你再也不回来了。整得我特别难过。"

我拍拍他的肩膀，笑着说："我知道。"

我们又过了不到一个月的安生日子。他在安定门附近上班，我在雍和宫附近上班。下班时间，他从安定门走路到雍和宫，接上我。两个人走路一起去东直门，吃饭逛街，回他家里，亲亲热热。

当然，他的青春期病症没多久就又发作了。

走在一坏路边上，秋风飒爽，银杏树叶落在地上，随风打卷，又是愁绪又是美。

我："你慢点儿走，你走那么快干什么，跟飞似的！"

苏先生："我从小走路就这么快，你别想让我为你改变！"

我无语沉默。

商量晚上去吃什么。

苏先生："去吃大盘鸡。"

我："又去吃大盘鸡？我不想吃。"

苏先生："那去吃刀削面。"

我："我不喜欢吃面。"

苏先生生气地说："那你说去吃什么？"

我："吃台湾菜吧。"

苏先生勉为其难地去了，一边吃饭，一边把这家餐馆从餐具到食材到做法到服务员态度，统统吐槽一遍，最后还要总结说："瞧你选的这个地方！"

我暴怒："我从小就厌食！我吃饭最讲究好心情，你再这样，我饿死之前也要先把你毒死！"

大部分时间，我还是陪他吃面。

终于有一天，我受不了了，对着面前的一大碗刀削面号啕大哭起来："越吃越多，越吃越多，太绝望了！呜呜……"

苏先生被我哭笑了："怎么越吃越多呢？"

我："端上来的时候还是大半碗，我吃了半天了，现在变成满满一大碗了！"

因为我吃饭很慢，面被汤泡胀了，半碗变一碗。

晚上偶尔也住在苏先生家里。但大部分时间，我还是会回家。

苏先生："你走吧，我要睡觉了。"

我："睡完就赶我走！"

苏先生："你在这儿我特别闹心，睡不着。"

我："那我再待一会儿行吗？你先睡着，我一会儿就走了。"

苏先生："好。"

我一个人玩了一会儿。苏先生还是没睡着，他说："你别走了。"

我："又怎么了？"

苏先生："没什么，你别走了。"

我："可我已经玩够了啊，我要走了。"

苏先生："你怎么这样！我让你走的时候你非不走，现在我已经做好准备让你留下来了，你又要走！"

我："你空调开太大了，我在你家睡觉第二天鼻子堵一上午！"

苏先生："你盖好被子，把脑袋蒙上不就得了！"

我："拜拜！"

结婚以后，大概是 2014 年，有一个周末我躺在床上刷知乎，刷到"贤者时间"一词。我看了一会儿，随即生气地把正懒着看电视剧的苏先生一顿揍！

苏先生："干吗啊？"

我把 iPad 扔给他，说："你看看！贤者时间！气死我了！咱俩谈恋爱那会儿，你总说什么跟我睡完之后就特别空虚，好像是我的问题一样！整得我都开始怀疑人生了！就是贤者时间而已！哎哟，这给我作的！"

苏先生不好意思地笑着，看了一会儿"贤者时间"的解释，说："真的是这样吗？"

我："这就是你们男人的一种情绪机制，爱爱过后会有一种看破红尘、空虚无望的感受。你看那底下评论不是说了嘛！如果没有贤者时间这种感受，男人肯定就是'趁热来一发，趁热来一发，趁热来一发，卒。'你那就是贤者时间！每次亲热完，你经常一本正经地忽然给我说起一个小说创作的事啊，人生上的一个什么思考之类的！你这也太典型了！"

苏先生笑，说："所有男人都这样吗？"

我："这上面写了，非常普遍。你还整得好像就跟我才这样！想起来我就来气！"

以上这些还算作得轻的。

2010年，网络上还没有兴起大规模黑处女座的行为。一直到2012年，人们才开始意识到，处女座男生真的是一个非常奇葩的物种。当年的我，真的是十分辛苦和孤独。

苏先生不仅仅是处女座，还是B型血处女座，还是写诗的文艺男青年B型血处女座。

下班之后他去我公司接我，我们走在路上，我无意中说起："他们还在开会，我先跑了。"

苏先生吃惊地望着我："你怎么不去开会？"

我："你不是约了我吗？"

苏先生："那你请假了？"

我："算是吧。我跟我们领导说我晚上要约会就先走了。"

苏先生："你们领导怎么说？"

我："我没听见啊。"

苏先生生气了："你怎么能这样！有些规矩就是要遵守的！你怎么整天胡来！"

我："我怎么胡来了。开会没正事，就在那里闲聊天，我如坐针毡！给我多少钱啊，让我遭那罪！"

苏先生:"你怎么听不明白!不是多少钱的事,有些规矩就是要遵守的!你不要还像以前在周老师那儿,你天天迟到,我都替你处理了!"

我:"我现在也还是天天迟到啊!你处理什么了?我在周老师那边整天被扣钱,你不知道吗?我从来没有拿过整月的工资。扣就扣呗。我从小到大都是早上起不来,就扣点儿钱早上多睡一会儿我还觉得挺划算呢!"

苏先生:"哪有你这样的!"

我继续往前走不理他,说:"没见过世面。"

苏先生一把扯住我,说:"我跟你说话呢!你跑什么?"

我被他闹烦了:"还没完啦?"

我还一肚子火呢!而且我饿着呢。我看他一脸不耐烦的样子,脾气也上来了。

我冲他嚷嚷:"你别一天教育我行吗?整天不能为我改变这个,不能为我改变那个,然后整天想着改变我,你有意思吗?在楼下等我五分钟你都跟我发脾气,都跟我上纲上线,没完没了!还动不动就要跟我分手!动不动就分手!分完之后还贱不拉唧地主动联系我。我都把你QQ拉黑了,你还拿别的号加我。到现在我手机里都没存你的电话号码你知道吗?分手就分手呗,还不好好地分!刚睡完,衣服还没穿上你就跟我分手!有你这样的?我告诉你,你现在还能四肢健全地站在这儿,是我不想造孽!我算明白了,你就是个贱人!彻彻底底的贱人!我跟你好好的,你不行,非要闹。非得我给你使点儿狠招儿,你才能知道疼,知道没我不行!现在我老老实实地跟你好着,你又不行!成天这样那样!总觉得我在骗你!我骗你什么?骗您那金贵的身体啊,还是您那滔滔不绝的才华,还是什么秘而不宣的万贯家财?"

苏先生:"你可真俗!那些都是什么玩意儿!你骗的是我的心啊!谁知道你这种女人整天都在想什么?我就不应该招惹你!"

我:"现在知道了吧。我早就警告过你,你不是不信邪吗?"

苏先生:"我一开始也没想跟你怎么着,还不是你一直缠着我,自己跑我家里来跟我睡!"

当时正在二环路边的一个小树林里。我清清楚楚地听到了这句话,一秒钟都没有犹豫,一耳光就甩了上去。

苏先生被我打得一愣。

我听见自己的声音说:你别再找我。如果你再敢惹我,我就让我表哥找两个彪形大汉把你按住,亲手在你额头上刺一个"贱"字。

那是我跟苏先生的恋爱里,闹得最凶、分手最久的一次。

转身离开的那一瞬间,我没有哭,反而很冷静。差不多也就行了吧,人生哪有不散的筵席。

2010 年 11 月到 12 月,差不多两个月的时间里,我每天晚上画画。以前一起去逛地坛书市的时候,我淘了一本作家出版社出的《杜拉斯画传》。我照着书一笔一笔地画素描,从年轻的杜拉斯画到年老的杜拉斯。

我一整夜一整夜地听歌,一页又一页地写日记。一点一点地,试着把他从我的生命里剥离。

2. 阿姆与先锋话剧

我是从 2011 年开始，喜欢上北京的冬天。

这几年雾霾加重，北京从十一假期之后大概就会迎来第一场雾霾，持续到第二年三月方休。在这漫长的六个月里，每一个好天气都让人感到格外欣喜。

在晴朗的冬日，天空蓝得让人心醉。打开窗子换房间里的空气，站在阳台上，望着天空，我总是有一种想要去约会的心情。苏先生就会发微信给我："出来吧。"

我："去哪儿？"

苏先生："你不是想要约会吗？"

他看了我发在朋友圈里的图文，下班回家了也不上楼，把我叫下去。

两个人在东直门中学门前的路上走一两个来回。他一边走路，还要一边拿着手机回复工作上的事宜。我仍然感觉心情好得不得了。

从 10 月 31 日的万圣夜之前开始，北京的商场里有着延绵不绝的节日气氛。圣诞节、新年、情人节，整个冬天都在庆祝。

苏先生喜欢在这个时候带我去逛街。同一个牌子的衣服，他为我买了五年了。他在为我选衣服这方面挑剔得不像个直男。他说："你穿这个牌子的衣服好看。他们家衣服挑人，别人穿不好看。"也许就因为衣服太挑人了，这个牌子的店经常开个一年多就撤店。我们只好去找其他店，这些年从东直门换到静安庄，再到蓝色港湾，又到三元桥。

我穿上店员推荐的衣服，走出试衣间。

他坐在沙发上指挥我："站远点儿，让我看看。"然后他站起身来，"还是我给你选吧。这个感觉不对。"

每一年的秋冬新款和刚过完年就上的春装，他都要带我去买，只要他看上的，都一次买回来。

现在，我的衣柜里，每一件衣服都记载着幸福，都让我视若珍宝。

2010 年冬天的那次分手，仔细算的话，应该是第八次了。

我过了一段极为寂寞孤苦的日子。在公司的时候也不跟同事来往，总是一个人。他们下班后去聚餐，周末约着玩，叫我的时候，我连理由都懒得找，直接拒绝。

新入职的同事是个双鱼男。在我又一次直接拒绝下班聚餐的时候，他在 QQ 上没完没了地教育我。

双鱼男说："你不要总是把自己弄得那么孤独，总是把自己封闭起来。"

他的工位挨着我。

慢慢聊得多了，他问我喜欢听什么歌。他说自己喜欢阿姆。那是 2010 年，等到 2011 年 53 届格莱美经典现场之后，阿姆的歌被人们设成手机铃声时，他已经离开了这座城市。他说："我觉得他特别霸气，那张嘴，那气势，说唱可是黑人的天下啊，他这个白人——"

我听了几首他喜欢的歌，听到 *Without Me* 熟悉的调调才想起来，我说："我知道了，痞子阿姆是吧？我大学里有个玩乐队的男生特别喜欢他。他们还改编了一个云南方言版的这首歌。我说听着这么熟。"

那一年，我们还习惯用 MP3。他下载了好多阿姆的歌，上班的时候把 MP3 递给我，说："一起听？"

他问我："你喜欢谁的歌？我下载了给你。"

我："我走路的时候不听歌。我本来走路的时候就跟没长眼睛似的，再听歌就直接被车撞了。"

话一出口，就想起来苏先生呵斥我走路不看路的话来，心里略微一难过。

双鱼男坚持问我："那你喜欢谁的歌？"

我不好意思地回答他："我电脑里存了 Within Temptation 的全部演唱会视频。特别是 2005 年德国摇滚音乐节现场，我很喜欢主唱的感觉。"

双鱼男笑了，说："哈哈哈，就是那个唱歌的时候两只胳膊一直扭来扭去的那个女的！"

我也不好意思了，笑着说："我就是喜欢她啊！"

他对我说："后海酒吧有个乐队，两个女的，就是模仿 Within Temptation 的风格。我带你去玩吧？"

我想了想，说："我不去。"

他问我："为什么？"

我说："在后海酒吧喝完酒听完歌，然后去哪儿？"

他歪头认真地看我，说："嗯？"

我笑笑，也认真地回答他："我不去。"

这样听听歌、忙忙工作的日子过了一阵子。有一次老板偶然出现在公司，他心情好，带所有人去吃饭喝酒 K 歌。老板很爱玩，一晚上换了好几个场子，凌晨三点，他累了大伙儿才散。老板和老板娘开车顺路送我，我让他们把我扔在了东直门。

我去了苏先生住的小区。站在他家门口，静静待了两个多小时。

我记得那会儿还不是很冷，但也不暖和。凌晨三四点钟，路边有施工的工人。小区里很安静，老式居民楼里静悄悄的。我就站在他家门口，望着门，心里很平静。我一直发呆到快六点。天色渐渐亮了。我走回街上，坐车回家睡觉。

我已经做好了永远这样下去的准备。

有一天，我去法务部交合同，经过了前台，看到苏先生正坐在来宾区域的沙发上。

我来不及掩饰自己的震惊，盯着他问："你在这里干吗？"

苏先生微微一笑，说："面试。"

然后不等我再发问，他就跟迎面来的人打招呼去了。

我心里乱七八糟了一下午，回到家里也是各种幻想冒出来，折腾了一晚上没睡好。在睡着之前，我意志薄弱地告诉自己：千万不要主动给他打电话。

还好，他没有让我纠结太久，第二天早上一上班，我就在公司门口碰见他了。

他笑呵呵地没事人一样跟我打招呼，我装作不认识他。他竟然觉得十分好笑似的，一边跟我说话，一边伸手拽我胳膊。我一甩手抡开他，快步走开了。

再不走，我就要忍不住笑出来了！

好不容易熬到中午吃饭时间，我偶然抬头就看见他向我们这片儿工位走过来了。

我赶紧把从安定门带过来的那瓶竹子摆在左手边，以为他会认出来。我的工位就在第一个位置。眼看着他左边晃一阵，右边晃一阵，就是看不到我。我按捺不住，从椅子上站起来冲他喊："我在这儿呢！笨死了！"

他笑嘻嘻地走过来，说："你就坐这儿啊！"

我："你来干吗？"

苏先生说："上班啊！第一天入职，我请你吃饭吧。"

我："你好好地来这儿上什么班？你昨天真是来面试啊。"

苏先生不无得意地说："我来这儿还不轻松。来看看你。走，我带你去吃好吃的。"

我翻了个白眼儿，说："我不去，我中午要吃泡面。"

我话说完没一会儿，一碗泡面就摆在我面前。

双鱼男一本正经地对着电脑，也没有看我，只是说："面泡好了。"

苏先生打量着我们俩，说"那好吧"，就转身离开了。

双鱼男碰碰我胳膊，递给我一颗巧克力，说："表现不错，奖励你。"

我无奈地笑了。

苏先生坚持每天中午来约我吃饭，我也没什么意志力，第三天就投降了。

他带我去雍和宫对面的金鼎轩，照往常的点菜习惯，点了一大桌子菜。

我："你点太多了，吃不完。"

苏先生："没事，喜欢吃的就吃，不喜欢吃的就别吃。谁知道你爱吃什么。"

我翻了翻菜单，又点了一个木瓜炖奶。我当时心想：他为了我都来这边上班了，我也努力一下吧。

吃着饭好像也没聊什么，两个人都很开心，咧着嘴控制不住似的傻乐。

那顿饭之后，苏先生才真的像一个男朋友了，而且还是一个黏人的男朋友。

他开始依着我的意思，问我想吃什么，想要去哪里。他中午找我一起吃饭，晚上约我一起吃饭，如果他要开会加班，还要让我等着他。周六周日更是每天都跟我在一起。就好像恨不得每分钟都让我待在他眼皮子底下。

有一天，我终于反应过来了："你是在监视我是吧？"

苏先生瞪着我，说："你别以为我不知道！"

我："知道什么？"

苏先生："你跟那个男的怎么回事！"

我："没什么事，要有事你以为你能拦得住吗？"

说这话的时候，是在我家里。苏先生习惯性地翻我家里的书，说："你怎么有两套廖一梅的书？"

我还没来得及反应，苏先生已经拿下来其中一本，刚一翻开，一张字条就从书里掉了下来。

苏先生把字条捡起来，看了一眼，怒气冲冲地问我："这是什么？还说没事！被我给逮着了吧！"

我哭笑不得："什么就被你给逮着了？"

字条上写着："你是我温暖的手套，冰冷的啤酒。生日快乐。"落款是双鱼男的名字。

我说："这是他送给我的生日礼物。可惜我早就有这两本书了。"

苏先生怒气不减："我就知道你俩有事！我已经跟人打听过他了。"

苏先生把双鱼男以前在哪里工作过，都做过什么事，从哪个圈子混起来的，出过两本什么书，全都给我叨叨了一气。

我略微惊讶，说："不错嘛！他自己都没给我说这么详细过。"

苏先生："你别给我胡整！"

我："我跟你分手都不能找别人？得给你守一辈子呗？"

苏先生："我没说不让你找啊！你要找你就找个好的，你瞧他那个样，长了一张出车祸的脸！你要是嫁给了他，万一哪天就守寡了，多可怜啊！"

我哭笑不得："哪有你这样说别人的！"

后来，苏先生对我说，他原本觉得对方长得不如他帅，没有什么威胁，结果一打听，竟然跟他一样是文艺挂的！而且听说人品都还不错！他这才蒙了。

双鱼男给苏先生留下了巨大的心理阴影。那会儿他就经常打电话诈我，生怕我没在他身边的时候跑去和别人约会。再后来，我又换了几份工作，他都找机会去那些公司面试过，就为了了解一下我的男上司、我的男老板都是什么样的人。

他甚至偷偷把我书架上廖一梅的书都扔了。

我埋怨他："你怎么能扔我的书呢？你也太小气了。"

时隔六年，苏先生还是怒气冲冲地说："我小气？你觉得那不算事是吧？那你觉得什么才算事？我告诉你，能让人产生记忆点的，都不是小事！"

我们和好之后，双鱼男没多久也辞职了，苏先生陪我玩了两个月，就回原来的公司去了。

我问他："你还真是为了我来的这个公司？"

苏先生一开始嘴硬，后来才肯承认："你心里知道就行了，别跟别人说啊，太丢脸了。"

他说："真让你给说中了。我和别的女孩子在一起的时候，还是想着你。"

手指摸着他的头发，我说："认输的滋味不好受，这话里的其他信息，我就不跟你计较了。"

2011年年初，苏先生不作也不闹，整个人有一种霸道又柔情的男友力。

我们之间也多了一个隐秘的玩笑。被他抱在怀里，我就会伸出手指在他脑门上写字。他琢磨了一下，才反应过来，是个"贱"字。免不了嘻嘻哈哈地打闹一阵子。

苏先生说："把你给能耐的，还要在我额头上刺字！那是犯法的你知道吗？"

我双手捧住他的脸，深情地说："我愿意为你犯法。"

他又忍不住笑了。

跟我分手的那段日子，苏先生在哥们儿的安排下认识了一个姑娘。姑娘长得漂亮，身材也不错，两个人还是老乡。他想得挺多的，找了一个吃饭能吃到一起的人。可是呢，苏先生说，一顿饭吃下来，就没得聊了，就再也不想见到她了。

"别的女孩子，都没你有意思。"他这样对我说。

我就把这句话当作是褒奖吧。

3. 晃晃悠悠

喜欢上一座城，就像是完成对一个人的爱恋。

在北京这么些年，每年年底的时候，总有一些熟人会离开。送别饭局通常从幽默吐槽到难以言尽的悲伤。无论是纠结再三，还是受了什么刺激痛下决心，会走的人最终还是走了。我跟苏先生在这样的饭局之后，晃晃悠悠地往家走。望着永远看不到星星的夜空，我感叹着说："有时候我还挺羡慕他们，回老家也是一个实力雄厚的选项。我，是回不去的人。"

苏先生说："我是不会回去的。我早就想好了，无论日子怎么过，我都要在北京。"

2011 年 1 月里的冬季，我喜欢站在二环路的过街天桥上，望着两侧的车灯，依然有一种心潮澎湃的感觉。这里是北京，我会在心里默默感叹着。

有一年夏季，我爸来北京，早上起来我们要出门，我跟他站在过街天桥上等人。我爸问我："北京这地方的人，怎么都这样呢？"

我不解："怎么了？"

我爸说："你看这来来往往的人，脸上那都是什么表情，不是丧得像欠了一屁股债，就是像随时要跟人拼命。我不喜欢这地方。"

我苦笑了一下，说："这会儿正赶上上班时间嘛，人都神经紧张。在北京打拼嘛，都这样。"

苏先生大学同宿舍的兄弟要离开北京，回武汉老家，开茶社，娶媳妇生孩子去了。

饭后回来，苏先生像是安慰我，又像是安慰自己："我相信我们会越来越好的。"

我笑笑，反问他："越来越好是什么样的？我想象不出来。"

苏先生说："就是越来越好呗，什么事都不再像现在这样特别不靠谱了。"

我想了想，说："我觉得现在挺好的。不着四六，晃晃悠悠，好一把清闲的时光。多奢侈的青春啊。反正早晚也会像你说的那样，越来越好了，就是越来越忙，然后神经紧张，什么闲心都没有了。早晚有一天，你回头一想，会很羡慕现在的感觉。"

苏先生略微诧异地望着我："那总不能一直这样吧？"

我笑答："你想得美。"

无论生活悠闲还是焦虑，春天总是如期而至。

在晴朗的春日，我跟苏先生穿行于北京的书店和家之间。

李海鹏老师继随笔集《佛祖一号线》之后，推出了自己的第一本小说《晚来寂静》。蓝色港湾的单向街书店举办发布会，天气温暖，他穿着白衬衫，头发略长，清爽干净。

也是在 2011 年春天，一位新的小说作家进入广大读者的视线：阿乙老师。那一年，他还身体健康，面容清瘦。在任何场合，总是随身携带一本书来读。

苏先生很喜欢阿乙老师的作品。乃至多年以后的闲谈中，他仍然会一本正经地总结阿乙老师的创作："我觉得，他写得最好的作品，还是《意外杀人事件》。他长于句子，在细节之处的微妙感知。他自己也分析过这一点。"

2012 年春天，在中国现代文学馆，马原老师的《牛鬼蛇神》新书发布会上，苏先生找马原老师签名，在那本他最初送给我的《电影密码》扉页上，马原老师极富幽默感地写着：这不是马原老师的书嘛！

2011 年 10 月，光合作用书店倒闭，不少人心酸了一阵子，但好在还会有别的书店开起来。2012 年，字里行间书店各处分店开业，孔子学院附近的店面举办了不少精彩的活动。2012 年 7 月，蓝色港湾的单向街书店停业。2014 年，在花家地、朝阳大悦城等处重新开了四家分店，更名为：单向空间。

也是在 2011 年，新经典文化股份有限公司的陈明俊先生终于获得马尔克斯的授权。中国大陆终于有了一本正式授权出版发行的《百年孤独》。这也是那一年文化出版界的标志性事件。

2012 年，马尔克斯去世。美术馆东街的三联书店举办了悼念活动。在地下一层的文艺书活动区域，马尔克斯的书迷们排着队等待上台，一人一段地朗读《百年孤独》这本小说。

2011 年前后，数字出版大热。浮躁的人们开始唱衰传统书业，不少从业人士也开始自嘲从事的是夕阳产业。

苏先生一边熟悉着电子版权交易，一边跟我念叨："这些人，胡说八道！一个国家的文化出版要是完蛋了，那还了得？无论形式怎么变，仍然是内容至上。而且我就是不喜欢读电子版的文字，我还是得读纸质书。"

2010 年年末到 2011 年年初，微博进入人们的视线。一开始，这里就聚集了大量的媒体人。以社交媒体为新媒介，逐渐打通了素未谋面的人之间的利益通道。一百四十个字的简短表达似乎再一次来证实受众的毫无耐心。那段时间，我跟苏先生一起，参加了许许多多的聚会和活动。新媒体、快公司、轻公司的概念被反复提及，创业热、名校海归、天使投资的关键词频繁出现。在一个短片活动上，一位嘉宾声称未来短片将会取代电影，因为人们将不再有耐性坐在漆黑的电影院里，憋着尿看九十分钟的故事。

一切看起来都充满机遇，朝气蓬勃，一切又经不住一丝仔细推敲，极速衰落。

同样，诗歌出版和诗歌活动也活跃于新兴的社交媒体。在当代 MOMA 的爱克森酒吧举办了一场诗歌朗读活动。我那日因为头一天晚上宿醉而双眼浮肿，裹在一身文艺风棉麻衣衫里，被现场负责拍照的一位老师拿着单反近距离狂拍，尴尬到绝望。

民间诗刊《橡皮》首次正式出版。诗人乌青也出版了他的第一本书。距离他的《天上的白云真白啊》被网络上热评，称他为废话诗人，还有大概两年多的时间。

在一次约会的末尾，苏先生忽然认真地望着我，说："我想去玩一阵子。"

我放下手中的餐具，等他说。

苏先生定定地望着我，说："我就是想去玩一阵子，什么都不想。"

我说："可以啊。我希望你能重新开始写诗。"

苏先生："诗不是想写就能写的。"

我："那小说呢？"

苏先生："我现在静不下心来，也写不出来。"

过了半晌，他说："我现在就是什么都不想做，就想胡混一阵子。我要去吴那边，他弄了一个营销公司，让我去给他帮忙。我想跟哥们儿一起，玩一阵子。"

我点点头："好。"

苏先生："他给我留了一间卧室，我搬过去住。"

我："哦。在哪儿呀？"

苏先生："双井。"

我："不知道那是哪儿。有地铁吗？"

苏先生："有吧，十号线。"

我想了想，又问："我可以去找你吗？"

苏先生回答："可以啊。"

第二天，苏先生便收拾好了两个大箱子搬了过去。

他原本住的地方，房东在国外不回来，房租多年未涨过，退掉实在可惜。我就搬来住了。

我按照自己的喜好，连夜收拾了房间。周末苏先生回来，进门一愣，说："怎么变成这样了？简直跟原来像两个地方！"

我笑笑，说："我就是喜欢收拾。"

2011 年的夏天，苏先生在双井居住工作，我在东直门。

文治出品的《奈良美智·横滨手稿 Drawing File》一出来，我就在快书包上买了，一小时内送到公司。下了班，我搭地铁过去，把画册放在苏先生面前，说："送给你的。"

苏先生喜欢得爱不释手，不停地感叹："太漂亮了，而且能做这么好，成本得多高，国内的印刷和装订水准，做到这种程度得费好多心思了。"

我："嗯，听说负责这本书的编辑在印刷厂住了一个多星期。再说日本的版权方可不是好打发的，好东西总是磨人。"

我时常过去看他，待到晚上，他总要送我回家。两个人在深夜里坐出租车走三环路回到东直门住。一路上，他时常会少年心大发地感叹起许多往事来。车窗外是无尽闪烁的万家灯火、拍窗而过的夏季阵雨。我在这些景色里，总是感觉格外平静。

周日我一个人在家，看看书，打理一下花草。苏先生会发短信给我，说："我想吃你做的菜了。"

我便回复他："那你过来吧。"

我得我爸厨艺真传，再加上苏先生口味单一，料理好他的胃真是小菜一碟。

流火的七月，苏先生也会为了吃一盘我做的炒土豆丝而从双井到东直门来。

他进门就感叹："外面热得能把人烤熟了。"

我说："那你还跑来。"

他说："你去找我，还不是一样热。"

平静甜蜜的夏季，我们之间也是少不了争吵。

有一次，我去给他换洗床单和被子。忙完之后，偶然在他的电脑上，发现了他和前女友的聊天记录。我忍不住好奇，打开看了一下，竟然是他给前女友买了生日礼物，已经寄到了。两个人不仅柔情蜜意地聊了好一会儿，苏先生还要求视频一下，看看她抱着他送给她的那个毛绒大玩具的样子。

我怒火攻心，把他从大客厅里扯到卧室，就跟他发起脾气来。

苏先生毫无歉意，一句话把我堵了回来："不是你说的吗？分了手的初恋女友那就是亲妈一般的待遇！"

说完，他就躲到办公区去了，他知道我不会在他的哥们儿面前跟他吵，便再也不肯回卧室里来。

我坐在他房间的地板上，一腔怒火无处发泄。我倚着床铺，气得手指一道一道地抓着床单。终于，床单被我抓烂了。我把床单整个扯起来，顺着一个破损的开头，坐在地板上，一条一条地开始撕床单。那声音，唰唰唰的，真是好听。

撕完床单，看着地板上一堆窄窄的布条，我气也消了。拿了包，开门到客厅，跟苏先生打招呼："我要回去了。哦，对了，让你前女友来给你缝床单吧。"

我回到家里，苏先生给我打电话："你把我床单撕了，还把别的都洗了！你让我今天睡什么？"

我冷漠地挂了电话。

还有一次，晚上我住在苏先生那边。两个人因为什么小事争吵了一阵子。

苏先生说不过我，就开始跟我装腔作势，他说："你别一天给我找碴儿，我整天忙事业还忙不过来，哪有空跟你在这儿小情小爱！"

我邪火没处发，心里不痛快，一直到深夜都没有睡着。看着他躺在身边睡得香甜，更是气不打一处来。我就穿了衣服到客厅阳台上，这边有一个小茶座。望着楼下小区里的灯光，感觉舒坦一些。

咦？楼下有出租车！我看到小区里的出租车灯，还不止一辆。看下时间，已经凌晨两点多了。我原本胆子很小，绝对不肯深夜出门的。但那天实在待不住，胆子就大了，火速下楼。刚下去就拦到了一辆车，回到东直门。

回到家里，洗了热水澡，整个人别提有多舒坦了。

苏先生打电话过来，暴怒："你跑哪儿去了？"

我："我回东直门来了啊！"

苏先生："你大半夜的跑出去也不说一声！"

我："少废话，我要睡觉了。"

挂了电话，躺到床上，心情舒畅，很快就睡着了。

我喜欢那些夏季的溽热里偶尔雨后清凉的夜晚。

我跟苏先生走在小区里的花园小径上，会想起那些刚在一起时作天作地的恋爱往事。

我问他："你还记得吗？那次我半夜来你家楼下，喊你下来看星星。"

苏先生："记得！你这个神经病，北京哪有星星。那次是怎么回事来着？"

我："你不是又作吗？跟我闹翻了。然后小五请以前的老同事们一起吃饭，吃饭喝酒的时候，你还跟我勾勾搭搭的。"

苏先生："谁跟你勾勾搭搭的。"

我："少嘴硬了。吃完饭一起出来你还喊我，说你喝多了，说我怎么不扶着你点儿？我为什么要扶你？再说你根本就没喝多！"

苏先生："然后呢？"

我："然后你又跟我说再见，说你赶紧回家啊。我就往地铁走，走一半路，就又返回来，跑你家楼下喊你看星星。然后你还装，说看什么星星，哪有星星，你跑我家楼下看什么星星，你赶紧回家。我说你不知道吗，全北京就你家楼下能看见星星！我那天好像真看见星星了。"

苏先生："你那是喝多了。"

我："后来你说什么也不下来，然后我说，那我上去？你说好！哈哈……"

我忍不住开始狂笑起来，弯着腰都快要滚倒在地了。

苏先生："你笑什么？"

我："我一上去，你给我开门，我就看见——哈哈……"

苏先生："什么？"

我忍住笑，说："你穿个短裤，已经支帐篷了。哈哈……我本来想上去以后借酒装疯勾引你来着，结果我还没怎么着呢，你就已经——哈哈……哎，实在是太没有难度了！我当时扶着墙不肯进屋，就是不想让你看见我都已经笑场了，哈哈……"

苏先生："胡说！我那是自然反应。"

我："你听见我要上楼来，你就自然反应了。你反应可真快，哈哈……"

苏先生："闭嘴！"

CHAPTER 6

光棍节

和

世界末日

1. 二十五岁生日

2013 年 9 月 26 日，我跟苏先生的第一个结婚纪念日，赶上我们两个搬家。

我是个急性子，练就了一身的快手打包的功夫。搬家事宜苏先生只负责联络搬家公司，其他的一概不用管。搬到新住处，我用了大半天时间大致收拾好了，完全可以正常生活，什么事都不耽误。

所以，那天晚上去餐厅吃饭庆祝纪念日时，我已经累得浑身发软。

两个人吃着饭，我看着桌子对面苏先生那张瘦瘦的小脸，发出一声感叹："你说，咱们怎么就结婚了呢？你才二十六岁吧？"

苏先生也看着我，说："是啊，咱们俩都结婚一年了。我还以为我三十五岁以前都不会结婚呢。"

我："感觉很奇幻。咱俩结婚那会儿你怎么想的？"

苏先生："还能怎么想。我心想，这下完蛋了，被这女的给套牢了。"

我不屑地说："切！那你也可以不娶我啊。"

苏先生："啊？那你也没说啊！"

两个人笑了一阵子，苏先生问我："那你怎么就敢嫁给我呢？"

我说："当时我仔细想过了，我想我已经见过你最浑蛋的时候了，我都能扛得住。未来你还有可能更浑蛋吗？更浑蛋的你，我还能扛得住吗？我那会儿不是比较狂嘛，太自信，我觉得我扛得住。所以，就可以嫁。"

苏先生："你真奇怪，别人都是想点儿好的，你还反着来。瞧把我说的，我有那么浑蛋吗？"

我："你还不浑蛋啊，发脾气的时候，玻璃瓶子往我身上飞！砸墙上碎了一床的玻璃。"

苏先生："那还不是被你气的。我打着你了吗？我要想打你我能打得那么不准？"

我："那是因为我根本没动！治不了你！后来我要睡觉了你怎么没招儿了！我身轻如燕，一床单玻璃我也睡得住！哈哈哈，后来还不是你求我我才起来的！"

苏先生："你也不怕扎到自己！"

我："只要不乱动，就不会扎到。这都不懂。还有一回，不知道因为什么吵架吵不过我，大半夜把我从家里扔出去！我连衣服鞋子都没穿，就穿个背心儿短裤。"

苏先生："这你不能全怪我，你太能气人了，真的，你不承认吗？你吵架时候说的话，死人要是听见了都被你气得从坟里爬出来！"

我："哦，那我下回去墓地试试，看看我能召唤出来多少丧尸。"

苏先生："我把你扔出去，就想让你服软求我开门。结果呢，才一会儿工夫，我一开门，人不见了！我下楼跑了整个小区，都到小区外面的大路上去找了，也没找着你！回来才看见你，躲楼梯间里干吗？"

我："夜色太美，我顺着楼梯往楼上去了一层，观赏了一会儿二环路上的风景。我连衣服都没穿，我往外面跑什么，笨死了！"

苏先生："不让人省心！"

我："我也挺累的。"

我们两个人对视了一阵子，就都笑了。

苏先生："我不后悔结了婚，你呢？"

我点点头，说："我也是。"

2011年夏天，我跟苏先生过了一阵子正常人的恋爱时光。秋天，他搬回来住，开始在东方银座上班，和周老师一起重整旗鼓，做了一家出版公司。

我们开始了同居生活。十一月，我过生日，苏先生订了生日蛋糕，蛋糕上写"坏脾气豆芽小姐，生日快乐"。还送了我一个菩提根的白色手串，搭配绀色的装饰片，很美，那种和我的气质特别搭的美。

苏先生说："它的名字叫作'傻瓜的机遇'，我一看名字，就想到了你。"

我很喜欢，但还是不开心地噘着嘴。

苏先生："怎么啦？不喜欢？"

我眼里噙着泪，摇摇头，小声说："喜欢。"

苏先生："那是因为蛋糕？说你坏脾气你不开心？你不觉得很好玩吗？坏脾气豆芽小姐，哈哈哈，就是你！"

我含着泪点点头，说："喜欢。"

苏先生："那怎么啦？"

我号啕大哭："我不要今天过生日，我今年不过生日，我就不要今天过生日。"

苏先生："不是你说你都过阴历的生日，你妈妈都给你过阴历生日！"

我："可是今天是光棍儿节！而且是2011年11月11日，超级光棍儿节都让我赶上了！"

苏先生哈哈大笑，为我抹着眼泪，说："你现在又不是单身。"

我还在抽抽搭搭地哭，拿起手机找出来之前浏览的页面，说："你看，星座运势上面都说了，天蝎座2012年要结婚，否则下一次的机会就在二十年之后！我还赶上光棍儿节过生日！"

说着，我又开始哭起来，边哭边说："我要结婚！我现在就要结婚，二十年之后我还结什么婚！你结不结？"

苏先生说："不就是结婚吗？有什么呀，结！"

我反而愣住了，擦干眼泪想了一会儿，说："真结啊？"

苏先生说："你想结，咱们就结啊！"

我："那你想结吗？"

苏先生："没什么不行的，那就结婚呗。"

我昂起头，说："那咱们可说好了，结婚以后，咱俩还跟没结婚似的一样过，别以为结了婚我就是你老婆！"

苏先生："不是老婆是什么？"

我："情人啊！咱俩以前分手那么多次，我早就想过了，我一辈子都不结婚，不要给任何人当老婆，我一辈子给你当小情人！"

苏先生无奈地摸着我的头，说："你啊，花样儿真多。"

十二月末，我辞去了工作，在家里玩了一两个月。背着苏先生，偷偷摸摸地写了一些小说。2012 年，世界末日没有来，继续生活继续爱。

苏先生发现了我在写小说，大惊小怪地咋呼了一阵子，说："要不你就别再找工作了，就全职写小说吧。我看你挺待得住的，在家闲着也不觉得无聊。"

我想了想，说："我不上班，你养活我？"

苏先生："养就养呗，有什么不行的。"

我："我感觉还不到时候，这都胡乱写的，全都是开头，没一个能写得下去的。这样吧，等我四十岁的时候，就退休，不上班了，在家写小说。"

苏先生："嗯。那你别断了写。虽然我现在不写，也写不出来，但我一直看书，也一直留心着文学创作的动态。这样就可以一直保持自己在那个感觉里边。"

我点点头，说："早晚你要再开始写诗，再开始写小说。我觉得有一件事情可以衡量咱们俩结婚以后的生活质量，就是你还能不能写出来诗，还能不能再写小说。如果你写不出来，我会觉得我这个人挺失败的。"

苏先生笑了："我写不出来，你怎么失败了？"

我："这你不懂了吧？这应该就是婚姻对两个人的影响吧。"

苏先生："我现在写不出来，也不光是忙着没时间写，是不敢写了。有时候想想，年轻的时候没有趁着劲儿多写点儿，挺亏的。因为那时候年少轻狂，敢写。写得不够好，也敢写。现在知道敬畏了，写得不好，就写不下去。不敢写了。"

我抱抱他："会好起来的。"

2012 年年初，日子有些漫不经心的浪漫。走在路上，看着身边的人，会忽然想到，要跟这个人结婚了，心底会涌起一阵莫名的心动。我没由头地笑起来，苏先生见了，说："傻乐什么呢？"

我："我觉得特别好笑，咱俩竟然要结婚了，哈哈……"

苏先生："这有什么好笑的，疯女人！"

我："带我去你家看看吧？"

在苏先生的笔下，故乡是个带着纯净的美感和原初生命力的地方。我想去苏山村看看，那片被他赋予了无尽乡愁的土地。

2012 年清明假期前，苏先生给苏爸爸打电话，说清明节要带我回去。

苏爸爸问："带回来是有什么打算呢？"

苏先生说："让家里人看看，行的话，就结婚呗。"

这个话头一提起来，苏爸爸马上认真了。从那个打完电话的夜晚开始，连续一个星期的时间，不是苏爸爸来电话，就是苏妈妈来电话。商谈各种细节以及索要我的生辰八字等事宜，一个月后，我们两个人的婚期就定好了。

我一脸蒙地看着苏先生："这么快？"

苏先生也有点蒙："是啊。我爸妈想在老家大办一场老式的婚礼，我爸说因为我家已经好多年没有这么大的喜事了。"

我："哦。"

我跟苏先生的爸妈早就接触过了。

有一年夏天，苏爸爸和苏妈妈去参加一个亲戚家的婚礼，途经北京，在北京玩了几天。我全程陪同，还表演了一下快手做一桌饭菜的本领。因为苏先生最喜欢喝妈妈做的西红柿鸡蛋汤，我还特意让苏妈妈教我如何去做这道汤，苏妈妈很是满意。

行程快结束的时候，那天下午先是去了奥体公园，走了许多路，后来又逛南锣鼓巷，回来的路上赶上堵车，一行人打不到车只好在路边走着。我已经筋疲力尽，赖着不肯走路。按照我的性格，其实已经在强忍着不作了。

结果，苏先生先发火了，给我撂了几句狠话，又不耐烦地催促我。

我当街崩溃，掉下眼泪。

苏妈妈来哄我，我一边噼里啪啦地掉眼泪，一边小声地说："我没事的。我没事。我就是害怕，呜呜……"

苏妈妈说："怕什么？不怕。"

我可怜巴巴地对苏妈妈说："他刚才说他要揍我！我害怕！"

苏妈妈立即往前面走，训斥了苏先生，又转头告诉了苏爸爸。

苏爸爸和苏妈妈看着都是脾气很好的人，结果那天，苏爸爸狠狠地训斥了苏先生，他一边训还一边反省自己，感叹自己怎能如此失败，竟然教育出这样的孩子！

苏先生后来对我说："我长这么大，我爸从来没有这么狠地说过我。"

苏爸爸年轻的时候唱秦腔《铡美案》扮包公，生起气来脸可黑了！

我偷笑：让你惹我！

这个跟父母告状的招数，苏先生也用了。

在那之后，苏先生第一次去我家里，在我家饭桌上，就跟我爸妈告状。

苏先生说："你们家豆芽啊，脾气老大了，无法无天的！"

我爸夹了一口菜，没搭茬儿。

我妈看了看苏先生，说："嗯，她从小脾气就不好，那你就让着她点儿呗。"

苏先生呆愣了一下，然后眨巴眨巴眼睛，低下头吃饭，再也没有跟我爸妈提过这茬儿。

我在一边憋着乐，一边装作若无其事地吃饭。

饭后我俩单独待着，我闷笑着看着他说："你想让我爸妈替你治我？你还是省省吧。"

苏先生半脸怒气半脸无奈，狠狠地朝天翻了个白眼儿。

2. 苏先生和我爸

2012 年春天，我去了文治 Lab 做编辑。

图书编辑的工作对当时的我来说也没有多少复杂：倾向于考核业务能力的产品策划，其实就是把我过去晃荡了好几份工作的经验结合起来使用。再加上苏先生随时会跟我交流一些经验和新讯息，我很快进入了状态。

在朝阳门独立办公的文治 Lab，离我的住处只有十分钟的车程。一开始选择这份工作，除了对文治 Lab 设计感的痴迷，公司和家的距离仍然在我心中占据至高地位。在文治 Lab 上班，对当时的我来说，堪称完美。可惜，我短暂地经历了它最后的岁月。宽敞的办公环境、落地窗、白色的干净清爽的办公桌和个个都是美女的编辑们，一切都是那么令人着迷。三月初，主编苏静离开文治，编辑们就算是解散了。

我心里很是纷乱了一阵子，听天由命地被编入其他部门。但这种工作上的烦恼并没有一直占据着我，因为很快地，一件更可怕的事情发生了。

2012 年春节，我并没有回家过年。我跟苏先生打算结婚了，所以我们商量着一起在北京过年，算是提前适应一下朝夕相处的生活。另外，过去几次不愉快的经历也让我对回家过年一事充满了排斥心理。即便我妈在电话里很不高兴，我还是坚决没有回去过年。

2012 年四月，一天下午，我妈给我打来电话，支支吾吾地聊了一会儿天。我妈说我爸因为工厂对外合作的技术问题，去外地了，要一两个星期才回来。我以为她是因为我爸不在家，闲着无聊才跟我唠叨。结果，她沉默了一会儿，说："我的一只眼睛看不见了，昨天晚上的时候，忽然间地，眼前一片黑。"

苏先生下班回家的时候，进门开灯，看我坐在沙发上，说："你怎么不开灯？"

我"哇"的一声大哭起来。

在苏先生耐心地询问之下，我一边哭一边说清楚了问题："我妈的一只眼睛眼底出血，看不见了。她在家附近的医院看了，说是糖尿病引发的并发症，白内障眼底出血。我爸没在家，一时半会儿还回不来。"

多年噩梦，像是一瞬间攫住了我。

初中时期，班上来了一位转学生，来我家里玩，看到我家相册上许多外出旅游的全家合影，就说："你们家好喜欢出去旅游。"

我脱口而出，说道："这都是我妈妈生病的那些年出去的，都以为我妈活不长了。"

1992 年，在我生活的那个小镇上，糖尿病还是一个陌生的词汇。我妈在短暂的几个月里，从富态丰腴变成了瘦骨嶙峋。我爸带她到我表舅舅做院长的大医院里看病。那以后，每隔两个月，我妈便带着六岁的我坐绿皮火车去一次医院，拎回来两大皮包的中药。

在我妈患病的二十多年里，小镇上开始逐渐增多了糖尿病病人，就我家周围的邻居里，也有因并发症去世的。我妈凭借强大的自制力，严格地遵从医嘱，不让吃的东西，一小口都不肯吃。她总是念叨着说："这在以前，我是最喜欢吃的啦。但我现在控制得了我自己，我一口都不吃，我不能让你没有妈妈。"而更多时候，她痴痴地望着我，说出那句心底的担忧来，她说："你什么时候长大啊，不知道我还能活到多大岁数。"

患病二十多年，她坚持不吃任何会增高血糖的食物。等到胰岛素开始被广泛使用的时候，我妈不肯"扎针"，她说："那都是快死的人才用的。"

我语无伦次地号啕大哭，并没有让苏先生乱了阵脚。

苏先生快速退掉原本订好的去甘肃的票，改订去沈阳的车票。然后又打电话给几个朋友。一些陈年旧账，不好意思清算整理的，在这个时候他也顾不得不好意思了。

他处理好一些事，就停下来抱着我说："别害怕，我们明天就带你妈去医院。"

2012年春天，沈阳的天气还很冷。苏先生带着我，陪我妈在医院住了十一天。

我很尿，到了沈阳没几天就病倒了。我妈做各项身体检查、领单缴费，都是苏先生跑前跑后。他带着我妈去做检查，给她看着吊瓶，陪她聊天。

我们两个人住在医院附近的旅馆里，每天早上六点多钟就要起床去医院。

苏先生跟我一样，也是不适应早起的人。每天坐电梯到了住院楼层，污浊憋闷的空气和一些异味，让苏先生剧烈地干呕起来。他跑到卫生间呕一阵子，出来时眼睛里全是水光。这样呕了十一天之后，苏先生就抽不了烟了。

我妈很害怕扎针，挂吊瓶的时候，整个人都绷着，动都不敢动一下。苏先生陪着聊天，给看着吊瓶里的药水，一早上要换掉四只吊瓶。

　　晚上，最后一只吊瓶打完就是十点左右了。他给我妈打洗脚水端到病床前来，伺候着我妈安心睡下，才带我一起回旅馆去。病房的住宿条件一般，一整天他就坐在硬邦邦的塑料椅子上，跟我妈闲聊。医院隔壁是图书批发市场，我们午间吃饭顺路去逛了，买了好些杂志和小说回来，坐在医院里看。

　　住院部的老太太们都十分羡慕我妈，听说我们还没结婚，就更加赞叹不已了。

　　我也感到十分惊讶：这哪里是那个总爱跟我闹别扭吵架的浑蛋少年呢？

　　他还不光对我妈细致耐心地照料。这一楼层的住院老太太，也都是得糖尿病的，也需要到其他的部门做检查。她们大部分都一个人住院，迷迷糊糊地，根本搞不清楚要去哪里做检查。苏先生看不过去，就给人带路，或者直接给送过去。

　　一时间，晚饭后绕着整个楼层一起做运动的糖尿病老太太们，一个接一个地拉着我妈的手感叹着："哎呀，你女儿的命也太好了！摊上这样的好对象！"

　　我妈原本听我表嫂说苏先生脾气不太好，对我俩的婚事颇有微词。这会儿，她被这扑面而来的羡慕赞美包围着，终于感叹了一句："嗯，是，我挺知足了。"

　　那会儿，苏先生和我爸还没见过面。

眼科医生给我妈检查过，说了一些毫无定论的话。我们都听得迷糊了。

我问："听说可以做手术？"

医生说："有条件的话，做也行。"

但是医生又说了一些什么换晶体，打油和打气不一样，然后刀口恢复，二次破裂之类的。这些信息让我心里七上八下。眼科手术不算小手术了，我拿不定主意，特别害怕。医生又说血糖不稳定不能做手术，我只好先让我妈住在医院里，一项项地做检查，输完胰岛素输营养液。

我打电话让我爸快点儿回来。

我爸一会儿说事情还没有解决，一会儿又说买不到车票。总之就是不能回来。我整个人焦虑得无法支撑，再加上我妈原本就娇气，生病了之后更是一门心思地想要赶紧把眼睛治好。我在电话里跟我爸号啕大哭，跟他发着脾气大吼："你赶紧回来！怎么可能回不来！你必须回来，我整不了她了！"

我爸愣是没有说一句实话。

在医院里住了十一天，我妈的身体各项指标都稳定了。她一只眼睛看不见，出院时十分不高兴。我没办法，只好让表哥把她送回家里，安排了我姑姑照顾。

我给我爸打电话，愤怒地哭号："你怎么能这样！你怎么能这样！"

我爸还是没有说实话。

等我妈回到家里，我姑姑照顾了她一阵子，我爸回家了。我们才知道了实情。

我爸在外地工厂里被倒塌下来的水壶烫伤了腿。我妈住院的那些日子，我爸也在外地住院。他一个也快六十岁的老头儿，在一个陌生的地方住在医院里每天挂吊瓶，还行动不便。

我知道了以后，给他打电话，哭到一句话也说不出来。我爸一直安慰我，说："我已经没事了，都好了。"

我哭着说："你怎么不告诉我呢，我那么跟你发脾气，你都不跟我说实话。"

我爸在电话里竟然还笑了，他说："爸怕吓着你，就你那小胆儿。"

后来，苏先生评价我爸，说：你爸很厉害，是个铁铮铮的男人。

我爸的脚脖子上，至今还有一大片烫伤后无法消除的伤疤。当时，我怎么跟他哭，他都硬扛着没说。我妈那边的亲戚家还有人打电话跟他嚷嚷过，他也没说。他知道那帮人嘴不严实，转脸就告诉我了。所以，他就一个人扛了。

在医院时，我爸跟苏先生通过电话，我爸说："这次让你跟着辛苦了，谢谢你。"

苏先生说："没事。等见面了，咱们喝一杯。"

我爸知道我最害怕他受伤。小学时，我放学回家在大门口碰见我爸拄着拐杖被人扶着从外面回来，小腿骨折，我直接哭背气了。我妈得病后，脾气不好，她更年期有点儿太提前了。我每天最开心的时候，就是我爸骑着自行车骑到院子里，一个熟悉的声音响起，我就有了救星。有时候他下班晚了，我在家里战战兢兢，就出门去街上，顺着他回来那条路去接他。远远看着他骑着车子从一个大坡上下来，越来越近，身影那么熟悉。我知道那是我爸。

我爸看见我，也很高兴。下车来，把我抱到自行车前杠上，带我回家。一路上，我感觉特别安心，到家门口却不愿意从自行车上下来。

我爸这个人没有闲话，有事说事，能用两句话说明白的，绝对不用三句。同样的事情你问他一遍，没听清，问第二遍可以，再问第三遍，立马翻脸。这个性格，他完完整整地遗传给了我。他年轻的时候，脾气更火暴。再加上长相就很凶，浓眉，黑脸，不爱笑。我小学同学一说要去我家写作业，都先问我爸在不在家，我爸在家他们都不敢来。但我自小不害怕我爸，我俩也总生气吵架。每次他脾气暴躁时，一吼我，我一哭他就投降。再往后，我一服软，他马上抱我。我爸怕吃酸的，我每次骗他吃，他都会上当。

我爸是我生命中的小太阳。这些年，经历了一些事情之后，才明白这份原本觉得理所当然的爱，对我整个人生拥有着怎样的意义。他是我心里的小火把，供养着我绝地反击时的勇气和能量。他赋予我善良和热忱。他给我的爱，没有伤疤。

3. 食物的味道

我爸对我的爱不仅沐浴着我，也沐浴着苏先生，沐浴着他身边的每一个孩子。

亲戚家的小辈孩子们都跟我爸特别亲近。因为我爸从来不以长辈自居没完没了地说教，以及我爸会做各种好吃的。这就意味着，你来我家不用听唠叨还有好饭吃。差不多每一个亲戚都有一样最爱吃的我爸特别会做的：我姨家表弟最爱吃我爸炖的鱼、鱼酱、土豆丝辣椒酱，每次回老家顺路来我家，就着鱼酱下好几碗饭；我堂哥家爱吃我爸包的饺子，逢年过节有人开车来给家里送礼物，总要打电话叫我爸过去，让我爸给做海鲜大餐；我表姐爱吃我爸烙的饼；我姑姑家孩子爱吃我爸擀的面条。

有一阵子我姑姑去外地我哥家帮忙照顾新生儿。我姑父不会做饭，一个人在家。我爸就隔几天骑一小时电动车去我姑家，给姑父包饺子，好好吃一顿，再包上些冻在冰箱里让我姑父自己煮着吃。

唯一对他做的食物无感的人，就是我。但这么多年，他始终没有放弃，一次一次地问我："我做的饺子能不好吃？"

我对食物的厌恶感从何时而起已经无法探寻。小时候，我妈总是呵斥我"吃饭跟咽药似的""吃个饭这么费劲儿"。我爸给我起了一个小名，叫"一碗儿"，因为我吃饭只吃一碗，坚决不肯添饭。为此，大人给我盛饭，总是盛满满的一碗。看着冒尖儿的一碗米饭，我感到压力巨大，怎么吃也吃不完，饭桌上经常哭出来。

大部分时候，我都是吃了两口饭菜，就吃不下了。我不敢离开饭桌，可怜巴巴地望着我爸，说我吃不下了。我爸从钱包里拿出来一块钱，说："你都吃了，爸就给你一块钱。"

面对令人厌烦的饭菜，我不为金钱所动，说："我真吃不下了。"

我妈飞速地瞪了我一眼，厉声说："我还不知道你，一会儿就吃零食，给我吃，吃不下去也得吃！"

我"哇"的一声哭出来！我爸也生气了，说我妈："别一天在饭桌上骂人行不行？"

我妈立即回嘴："都是你给惯的！"

我端起碗作势要吃，眼泪噼里啪啦地掉进饭碗里。

我爸抱过我，放下饭碗，说："不要吃了，哭成这样怎么吃。"

我爸原本可能只是打算拉着我的手去小卖部买大牛饼干的，看我哭得可怜，直接把我抱起来，去买大牛饼干。

这样的场景在我的童年里经常发生，我被大人抱得高高的去小卖部。我的小手伸在前面，掀开小卖部门口那道夏季的塑料珠门帘，玻璃柜子里各种花样的食物就在眼前。抱着我去的人，有时候是我爸，有时候是我二大爷。他们喜欢一直抱着我，让我自己选吃的。我高高在上，不说一句话，喜欢哪个东西，就拿手指一下，小卖部的老板立即从柜台里拿出来。大人转身换个方向，我再继续选着。而今忆起，孩童时小小的我来到小卖部的感觉，只有"君临天下"四个字可以形容。

我给苏先生讲这些事，还添了一句感叹："你还记得那会儿的大牛饼干吗？好几块钱呢！一块钱没有用！"

话一说完，我打了个哆嗦，紧紧抱住苏先生，闷声说："我害怕。"

苏先生："怕什么？怎么啦？"

我："我害怕咱家女儿以后随我！"

苏先生："哈哈……"

长大以后的我，对食物依然没有兴趣。女孩子们天天嚷着要减肥，控制自己不吃甜点，这些烦恼我从来没有。我的烦恼是，为什么不能在胃上开个门，然后把食物直接倒进去呢？人类为什么每天都要吃饭，就不能吃一顿顶一个星期吗？进化得太失败了。

我不吃鸡肉和猪肉，偶尔会特别想吃一顿牛排或羊排。喜欢青菜，清炒和凉拌都好一些，重点是清淡。不喜欢吃主食，米饭和面都不爱吃。像可乐这类包装饮料，是完全不喝的，那种甜放进嘴里，总觉得是苦的。甜点蛋糕这一类，完全无感。偶尔吃一小口乳酪蛋糕，也就够了。海鲜类可以，但也吃不多。

2015 年，我身体不适，把体检报告放在医生面前。

医生说："你什么事没有，就是瘦，多吃鱼肉蛋类，多吃脂肪含量高的食物。"

我琢磨了一下，回到家里开始每天早上做营养早餐。先打黑豆豆浆，把白煮蛋放进去打碎，气味发腥，再把一个香蕉放进去打碎。这样早上两大杯的糊糊，算是比较有营养的了。

别人听了，都说："那怎么喝得下去？"

我："只要是流食，我都吃得下去。没什么味道的最好。"

我爸引以为傲的厨艺，一直在我面前找不到成就感。我结婚之后，我爸就把多余的热情全都挥洒在了"养胖苏先生"这个主题上。

苏先生去我家，那是受到了极高的待遇。苏先生这个人，肠胃固执，也不爱吃肉，最爱吃的就是炒土豆丝、西红柿鸡蛋汤和拍黄瓜三样。我爸一门心思给我俩增肥，喜欢做的菜是炖排骨、炖鱼、炸鱼、炖牛肉、蒜蓉白肉、酸菜炖肉。再说了，女婿来家里，用炒土豆丝招待也太不好意思了。这不是我们东北的风俗。我们东北吃饭就特别讲究：大锅炖，全是肉。

综合苏先生的喜好和我爸的心思，每次我们到家，饭桌上都摆满了，不能再摆多余一个碗，炒土豆丝必须有，西红柿鸡蛋汤必须有，拍黄瓜必须有，炖排骨一定有。你就算只吃一口，我爸也高兴也要给你做！炖鱼炸鱼必须有，有时候要做三种鱼，炖鱼、炸鱼和鱼酱。每次我爸都起大早去市场，买鲇鱼炖豆腐，买小川丁给我做鱼酱，买鲫鱼炸了再放酱油蒸，买鲅鱼炖土豆，买带鱼糖醋。老头儿要是再激动点儿，能给我们整个全鱼宴。第二天一定又换样，绝对不吃剩菜，改牛羊肉。他自己喜欢牛肉炖萝卜，但知道苏先生喜欢吃番茄，那就用番茄炖。回家无论待多久，还必须吃一顿饺子，一顿饺子包两样馅儿，还 定会吃 顿手擀面，因为他知道苏先生喜欢吃面；还一定有一顿蒸包子，苏先生吃我爸蒸的包子能吃八个。一开始是韭菜鸡蛋馅儿，后来苏先生已经跟我爸熟到不知道什么叫不好意思了，让我爸给蒸土豆馅儿的。苏先生自己的爸都没给他蒸过土豆馅儿包子。这不是苏先生发明的。他们高中学校门口有一家土豆馅儿包子铺，他是想念多年，结婚的时候还特意带我去吃了。我爸尝试了一次失败了，不放弃，第二回就成功了！自打那以后，每次回家，都一定蒸包子，一锅韭菜鸡蛋馅儿，一锅土豆馅儿。

我说："爸，我想吃辣白菜馅儿的。"

我爸："那不能好吃。"

2015 年夏天，我对苏先生说："你赶紧减肥吧，你再胖下去，就要长妊娠纹了！"

有一年过年回家，我妈十分隐晦地催我们两个生小孩儿。我装没听见。电视机里的广告尴尬地播放了三五分钟。我以为这事就算过去了。

结果，我爸悠悠地说："你表爷爷家的你哥哥——他们家就是生的双胞胎。"

我说："生，咱们也生。苏先生这优良基因，儿子帅气，女儿漂亮！两岁半我就把他们俩拖出去拍电视广告养家糊口！"

我爸竖起眼睛，说："你敢？看我不揍蒙你！"

我借题发挥，说："这孩子还没影儿的事呢，我就先失宠了？你们都想明白点儿，"我又指指苏先生，"还有你，都先整明白了！我要是不开心，就谁也别惦记！"

苏先生赶紧帮腔："没错！老婆你想什么时候生就什么时候生，都得听你的！"

4. 清洁女工

2017 年，北京初雪。

晚上，我跟苏先生去芳草地看电影《完美有多美》。散场时已经很晚了，加上天气不好，根本叫不到车。我玩累了，等不住，拽上苏先生往商场外面走，我说："我去给你打车，只要是我亲自打车，一定有车。"

一辆小三轮车晃晃悠悠地在商场门前的小路上开着，我喊了一嗓子，师傅就随我们来了。

我："三轮车也是车啊！"

苏先生嘱咐了师傅慢点儿开，注意安全，又扶我上车。

一路晃着往家走，我还真有点儿害怕了，已经多少年没坐过这种小三轮车了呢。

就是在2012年春天，我跟苏先生陪我妈住院，从沈阳回到北京，已经是凌晨了。北京站门口的出租车漫天要价，我一昂头，指着路边一个敞篷小车跟苏先生说："咱俩坐小三轮。"

师傅说："去东直门啊，都这么晚了，你给三十五吧。"

苏先生说："还五什么？就三十吧！"

师傅说："行吧，最后一单了，完事我回家。"

四月下旬，凌晨的空气带着初来的温暖，我和苏先生还穿着羽绒服，感到一阵热。空气里漫着淡淡的花香。在沈阳熬了这些时日，回到北京，我感到一阵轻松。

我笑着对苏先生说："你看，坐小三轮挺好的吧，还可以看风景，好舒服啊！"

走到半途，电瓶车没电了，师傅只好靠人力脚踩，车慢下来，欣赏初春的夜色就更美妙了。

行至东直门桥，师傅乐了，说："这下好了！下坡了，不用使劲儿了！"

苏先生问师傅："你家住哪儿？"

师傅说了一个相反的方向。苏先生说："那行吧，我们就在这儿下来，再走一段就到了。不然你回去一路都是上坡。"

下车给钱，苏先生给了五十块钱，说不用找了，又道谢一番，跟师傅告别。他拉起我的手往家走。

我心情轻松愉悦，问他："你为什么开始讲价，后来又给他五十呢？"

苏先生说："我看你挺高兴的，这阵子难得见你开心。再说他也挺不容易的，车没电了，还得蹬回去。"

我静静地看着他，心里觉得：真是一个复杂又美妙的人啊！

2017 年的初雪之夜，我们很快到了家门口。下车，苏先生拿出钱包来，给了师傅五十块钱，说不用找了。原本说是四十块。

我开心地跟大爷告别，然后拽上苏先生，说："你又多给钱。"

苏先生说："这大冷天的，他这么大岁数，不容易。"

我说："我就知道你会多给钱。"

苏先生："为什么？"

我："我路上就想起来我妈生病那次，咱俩后半夜回来坐三轮车，那个人的车后来没电了，记得吧？五年了，你一点儿都没变。"

结婚快五年了，他一点儿都没变。我感到一阵得意：这就说明，我们的婚后生活还是不错的。

2012 年春天，我爸回来之后，很快安排了我妈做手术。手术第一次很成功，只是坚持了不到四个月，刀口破裂，又做了第二次手术。我妈遭了不少罪，也把我爸折磨得不轻。

八月，两家的父母在北京见面，相谈甚欢。

九月下旬，我一个人跟着苏先生去甘肃老家办婚礼。我妈的第二次手术还在恢复期，我爸照顾我妈走不开。我说：没事，我一个人去！

在苏先生老家办了一场婚礼。婚礼第二天一大早，我们就坐苏先生叔叔的车去了兰州，然后去合作、拉卜楞寺。一路上，大西北刀切斧砍似的群山就在眼前，却又好像迷雾中的幻觉一般。不在旅游季，拉卜楞寺几乎没有其他游客，只有附近的藏民一如往常地参拜诵经。我玩得十分开心，苏先生略微紧张了一些，不让我吃市集上的食物，生怕我闹出病来。

回来北京之后，我们两个开始了跟婚前毫无差别的生活。又一个吵架的夜晚，两个人都拧着脾气不肯服软，我目光扫过家中的结婚照，瞬间泄了气，眼泪汹涌而出。

苏先生像是一下子读懂了我心里未曾说出的话语，一把抱过我，竟也掉下泪来。

自那以后，我们便吵得少了。

结婚第一年里，苏先生陪我回家看望我妈，一年回去了四次。那一年，我妈做了两次眼科手术，一次疝气手术。疝气手术后消炎药过敏休克了数小时。冬天时，她感到头部不适，到医院检查确诊脑血管空气型栓塞。她骄纵任性的脾气也越演越烈。一旦我爸有任何伺候不周的地方，就跟我打电话告状，数落我爸的不是，让我数次崩溃大哭。

这二十多年的人生岁月里，哭是我唯一的工具。小时候我哭，或许是因为我还找不到语句来表达那些陌生又令人难过的感受；长大之后我哭，却是因为心里清清楚楚地明白，有些话，说出来意思就走了。我还是哭吧。

大概是从2012年年末开始，我深感自己已经丧失了胡闹的资格，开始认真地工作起来。

回首那些努力工作的日子，我以为自己有不少话可以写，提笔至此，我才发现：那一时期里，得到的都是短暂的欢愉，并未组成我生命的任何部分；而那些不快的，退出我的生活之后便更加无从谈起。当年的我，或许是在心底跟自己做了一笔交易，行至何方虽无具体打算，但在我脆弱的脑神经里，还是隐藏着一个明确的时间点，过了这个点，我可能会死。而今再看，这个时间，是三年。

这三年时光里，我最喜欢做的事情是清扫。

周六早上，苏先生还懒在床上举着iPad看剧看电影，我站在阳台上开始擦玻璃，擦完玻璃又开始整理房间的杂物。

苏先生伸着懒腰感叹了一句："老婆，你好喜欢做家务啊！"

我哭笑不得，只好扯他起来："让你嘴欠，起来倒垃圾去！"

我的书架上，有许多日本作家写的居家生活的书，当然也有畅销一时的《断舍离》。我自己更喜欢门仓多仁亚的日德混血的生活理念。我一边陶醉其中地看着这些书，一边拾掇着我们的小家。每年年底大扫除，春秋换季整理衣柜，总是让我莫名地兴奋。再后来，我写小说卡住的时候，也喜欢一遍又一遍地擦地板，擦厨房的墙面。

怎么就这么喜欢做家务？我也自己想了一下。

我觉得，可能是因为这些年来，我所从事的每一项事业，对于我来说都只有一层笼罩于想象中的遥遥无期的成就感。实际上，它只是分散为每日每时细碎的劳作，你无法用时间尽头的想象中的成绩来鼓励自己，你必须专注于今时今日的每一件小事。日常人生平静无波，脆弱的心灵暗潮汹涌。

所以，我喜欢清扫。还有什么比在自己家里打扫卫生更有即时的成就感呢？84消毒液可以迅速地去除墙面和地板的任何污渍，衣橱大整顿之后，日常起居和外出都更加舒爽。整洁干净的厨房会让做饭时的我心情舒畅，人有耐心，饭菜也才有好味道。而没有尽头的居家布置，就是一件玩不腻的玩具。

若从我的这个小怪癖来说，那我跟苏先生还真是天作之合。

处女座男生的洁癖，是对别人的要求，他们自己都很懒。苏先生很喜欢玻璃杯子，一见到好看的玻璃杯子就要买。但是他自己不喜欢清洗杯子，茶渍重了就丢掉。对于大部分生活中的琐事，他都是用这样的解决方式：我喜欢干净，脏了？哦，丢了好可惜。唉，没办法，还是丢了吧。

此外，他还随手乱放东西，强词夺理说乱才有生活感。

我完全不用发愁家里不够大，打扫完了就没得玩了。苏先生总能给我制造出一些家务活儿来。

我取笑他说："只要看家里什么地方乱了，就知道你干了些什么事。你用完任何东西都不会放回原位，哈哈哈，行动轨迹如此清晰。"

同居以后，我才对苏先生令人震惊的生活低能有了认识。

谈恋爱那会儿，苏先生冬天总感冒。我就很好奇，问他："你怎么还在感冒？"

苏先生说："嗯，我一到冬天就这样，感冒一冬天都不好。"

我当时内心还觉得：这男的身体素质也太差了。

住到一起之后，晚上我亲眼见到：大冬天里，苏先生洗完澡之后，刚从浴室里出来，只穿个短裤，光着上身，头发滴着水，就打开阳台门直奔凉风飕飕的阳台上晾毛巾！

我震惊不已地望着他："你干吗呢？"

他理所当然地回答："晾毛巾啊！"

那之后，每天晚上他洗完澡，都是我负责给他递干毛巾擦头发，再帮他把用过的浴巾晾到阳台上。结婚后那年，他一整个冬季都没有感冒。

我笑话他："你不是说你一到冬天就感冒吗？现在怎么没事了？哈哈……"

苏先生也被我惯得越来越懒。

我们谈恋爱时，我一个人住习惯昼夜颠倒，周末经常下午四五点钟才睡醒。我醒来就给他打电话："你干吗呢？我去找你？"

他说："嗯，你赶紧来吧，路上给我带点儿吃的。楼下超市的酸奶就行。我一天什么都没吃，饿得心慌动不了了。"

我在他家楼下超市买了酸奶给他。

我说："你怎么不吃东西？"

苏先生："我懒得去买。"

每个周末去找他约会都是去救命。

结婚之后，他晚上加班回来我会给他做点儿吃的，盛进碗里摆在桌上，叫他他才过来吃。

如果我忘记了摆筷子或者汤匙，他就继续坐在那里等着，绝对不会自己去拿。

吃完一碗，我说："还吃吗？锅里还有。"

"嗯。"他回答了一句，就坐在那里不动，看着书。

我看不过去，只好为他去盛好。

我问："是不是我不给你盛你就不吃了？"

"嗯。"他老老实实地回答。

我也不是爱到深处自然惯着他。我只是，懒不过他。

周末，苏先生赖着不肯起床，举着 iPad 看剧，一边看一边哈哈地笑。到中午了，他放下 iPad 说："老婆，我饿了。"

饭局上，朋友间聊着我跟苏先生的故事，一位制片人说："你俩太有意思了，都可以拍电视剧了。"

我说："我现在就能写完苏先生的台词：老婆，给我倒点儿水；老婆，我的衣服帮我找出来；老婆，帮我拿一下毛巾；老婆，我饿了，家里有什么吃的；老婆，我出差的行李准备好了吗？"

被我黑得久了，苏先生也开始反省自己，闲了也主动提出来要帮我做饭。他说："老婆，水太凉了，我帮你洗菜。我帮你切好了，你就只负责做就行了。"

于是，他洗好了菜，切好了菜，叫我过去做饭。

我看着菜板上他切好的土豆、胡萝卜和洋葱，忍住没说话，放锅里炖好了，我回到客厅，抱住苏先生。他也回抱了我。

深情地抱了一会儿，我说："老公，以后你不要帮我做饭了，也不要帮我切菜了，好不好？"

苏先生说："嗯？怎么了？"

我："就是你切的那个菜啊，大的大，小的小，各种形状都有，看着实在太糟心了！"

苏先生抱着我，两个人一起忍不住笑起来。

我："你是不是故意的？"

苏先生："没有。你不是总嫌我懒吗？我又不会做饭，就帮你切切菜。"

我："我那是逗你玩呢，在道德舆论上打压你。我就喜欢你什么都不会，这样家务和厨房才是我一个人的天下！"

苏先生："哈哈……我就说，我最配你！"

我："我是无奈之下才让你知道了这个实情的，少得意哦！"

2015年10月，我辞去了工作，做一个全职太太。比预想中的提早了十年。

CHAPTER 7

关门

写作

1. 废物人生

2016 年，苏先生经历了短暂的微胖之后，又恢复到原来的瘦。

他带我回家看望我爸妈。我妈细细地端详苏先生，说："又瘦了？"

苏先生说："嗯，豆芽嫌弃我胖，每天早上说一遍，说得我直上火，都吃不下饭了，能不瘦嘛！"

我爸妈两个人立即将批判的目光投向了我。

我急忙说："你们别听他胡说八道！"

2015 年秋天，我过了一段舒心的日子。

北京的秋天还是那么美，在我闲适的心情里，它又美出许多的细节来。秋阳高照，天空蓝得又深又远，凉风吹拂，胸怀里一阵清爽，却又能感到自己热血满怀，不畏不惧。我跟苏先生手拉着手走在俄罗斯大使馆附近的小路上，看银杏树绿色的叶子边缘变黄。

我跟苏先生说："这是我的树。"

苏先生说："它怎么是你的树？"

我："它就是我的树，我说了。"

苏先生："嗯，没错，这一带所有的银杏树都是你的。"

我："不是，就这棵，这是我的树。"

以后每次经过这里，我都要欢呼着奔过去，喊苏先生："老公，快来看，这是我的树。"

苏先生一脸无奈地说："你演精神病可演得真像！"

苏先生上班的日子，我就一个人在家，哪儿也不去。我在家看书，看剧，补错过的电影和动画片，洗衣服，做饭，整理书架。

整理书架能看出很多故事来：工作三年里，是我阅读质量最低的三年。

现在好了，以前看不进的书，现在都能看进去了。有多久没有好好看一本大部头的经典作品了呢？我躺在沙发上看书，在午后的阳光里，有时候也会眯上一觉，醒来就差不多可以为苏先生做晚餐了。这简直是我梦寐以求的生活，神仙般的日子。

我在家里，想躺会儿就躺会儿，渴了，家里有普洱茶、红茶、白茶、玫瑰花茶、茉莉花茶、苦荞茶，想喝什么就泡上，就着燕麦蔓越莓饼干，就是悠闲的下午茶了。冰箱里常备柠檬、蜂蜜、牛奶，随时可以调配出自己喜欢的热饮。新鲜水果想吃便吃，什么时间忽来食欲，便整治一些清淡饭菜，一边吃一边看着美剧《老友记》，不知不觉中，能把食物全部吃完。

我是怕冷怕热还是怕吵怕闹，一个人在家里全都顺自己的意思。我再作再矫情，也碍不着任何人的眼。我哪里会寂寞无聊呢，那一书架的书陪着我，又哪里缺人说话呢，好书的作者净是些金玉良言在跟我说。

　　我整个人都舒坦了，看苏先生的目光也就更温柔了。

　　我喜欢黏着他，说："你陪我！"

　　苏先生："我这不是陪着你嘛！"

　　我："你躺在我边上拿着 iPad 看剧，不算陪我！"

　　苏先生："那要怎么才算陪？"

　　我："反正看剧不行！"

　　苏先生："那我看书行吗？"

　　我："行。"

　　于是，苏先生关掉 iPad，拿起一本书来看。我躺在他身边，听着他翻动书页的声音，感到特别幸福和踏实。看到精彩处，苏先生会放下书，絮絮叨叨地给我讲一阵，发出一连串的感慨，我就更开心了。

　　有时候夜里还不想睡，也会缠着苏先生，让他给我读书。我从床头的书架上抽下来一本《霍比特人》递给他。他读一阵子，说这个不行。他找来一本诗集，翻了一会儿，找到一首诗歌来给我读。苏先生的普通话一直带着一种重鼻音感的西北方言腔，我喜欢他的声音。

　　我又从书架上拿下来一本儿童绘本《雨河》，让他为我读。

　　我说："你小时候有没有特别喜欢下雨天？"

　　苏先生："嗯，我喜欢下雨天的时候去外面，打着伞在田埂上站着。"

　　我："我不出门，因为我小时候就嫌东嫌西的，说太脏了，不出去。

我喜欢在窗户边看外面的雨，雨下一整天，我就看一整天。就跟这本书里的小女孩差不多。在窗户边看雨的心情，是很难用语言描述的。"

　　每年十一月，是我最难熬的日子。

　　季节性抑郁轻易地将我捕获。每个早上的醒来都是一种折磨。我像一坨湿湿的抹布一样，黏在床上。夜里不睡，许多纠缠着的往事就会浮出脑海来，我经常在痛哭中被苏先生摇晃着，才意识到自己在哭。

　　苏先生说："老婆，你在我房里睡吧。"

　　我："为什么？"

　　苏先生："我总觉得能听见你在哭，我都快幻听了。"

　　我："可我想一个人待着。"

　　那个冬天，苏先生经常会悄悄地推开我的房门，查探一下我的状况。他睡觉之前要看一遍，早上起来要再看一遍，夜里醒来去卫生间，也要顺路看一遍。

　　有些时候我还没睡，就会跟他说两句话。他走到我的床边来，为我把被子掖好，他总是在这种时候笑场，说："唉，一天跟哄小孩似的。"

　　他陪我一起泡脚，然后用抹布给我擦干脚，他感叹着说："这一天把你给伺候的！这要是我女儿还差不多。"

　　我："哼，我是绝对不会给你生女儿的！"

　　我知道他是担忧我，才瘦下来了。

　　整理书架的时候，整理出我来北京之后这么多年的日记。忙碌的三年里，我的记事本上除了工作的待办事项和一些工作笔记，再没有多些别的什么。而翻看在那之前的日记本，很多想法和随意写下来的语句让我感到惊讶又陌生，曾经的我，要比后来的我，有趣得多了。

我又开始写日记了。深夜睡不着时，在纸上写下可怕又陌生的想法，回头再看深感恐惧。但也告诉自己，下一次再这样想时，就告诉自己这只是一时产生的念头，不是什么生命中唯一的真理。

我也想再开始写小说。我不知道写什么，在电脑上建了一个文档，面对着空白的页面，我脑海里浮现出的是外婆花白的头发，但不知道为什么，我想不起来她说过的任何一句话，甚至想不起她的发音特色。我随即想到了母亲，伏案号啕大哭了一场。

2015 年 12 月，苏先生去深圳出差一周刚回来，又要去天津开会。我可怜巴巴地望着他，他不在北京的时候，我一个人在家和平日里的感觉完全不一样。他只好带上我一起去开会。

在天津的丽思卡尔顿酒店里，我迎来了三十岁的生日。苏先生带我庆祝，我吃着饭掉下来眼泪，已经晚上很晚了，我妈都没有打电话过来。

苏先生说："妈可能忙得忘记了，或者记错日子了。"

我："她从来都没有忘记过我的生日。而且今年又是我三十岁的生日。我小时候，每年过生日，她都带我去照相馆拍一张生日照，照相馆的人还会在片子上刻下日期。照完相片，她就会带我去买冻柿子，我小时候特别喜欢在冬天里吃凉的东西。我离开家上学之后，每年过生日，她也一定打电话给我。前几年，她还打电话给你提醒你给我过生日呢！为什么偏偏今天忘了！我今年过年不会给她买礼物了！"

苏先生边笑边说："你怎么这么幼稚！"

临近春节时，我给家里打电话，我妈说起她前段时间不舒服又住院挂了吊瓶。我挂掉电话难过了一阵子，心里算了一下时间，对苏先生说："我过生日那会儿我妈可能因为脑血管的毛病，才把我生日忘记了。我原谅她了，咱们去逛街给她买礼物吧。"

苏先生又笑话我："你一天怎么这么逗！"

也是在天津，一次凌晨三点，苏先生还在酒吧里跟人聊天应酬，我独自在酒店房间，写完了第一个短篇小说——《穿睡衣的男朋友》。

苏先生回来立即接过电脑看了，兴奋得不得了，一遍一遍地对我说："老婆，你就好好写吧。"

他又说："你就什么都别干，家务活儿都别干，我给咱们找小时工，你就好好写小说吧。"

我歪头想了想，说："家务活儿还是我自己来吧。我可不喜欢别人碰咱们家里的东西。再说了，我喜欢做家务。"

从天津回来，我才下定决心开始认真写作。

夜里失眠和晨间抑郁仍然困扰着我，脑袋里始终会冒出一些奇奇怪怪的念头。夜里睡不着很难受，但无法起床却是最大的难题，像是整个人都沉入冰冷阴暗的湖水里，除了死亡便没有别的机会浮上来。

我开始有意识地去克服这种感觉。每天无论是在什么时间醒来，我都把它当作早上去过。我努力克服那种强行起床带来的眩晕和恶心感，一边从床上挣扎着爬起来，一边掉眼泪。我一个人在家里，自言自语地说起话来，我一边哭一边说："我要好起来，我要好起来，我老公很爱我，所以，我一定会好起来的。只要起来就好了，只要先起床，就能好很多。"

只要能起床了，就能好很多，喝下一杯水，坐在餐桌前静静地等待身体被强行运动带来的不适感散去。有时候还会因为起床的强迫感而呕吐，但真吐过，也就好了。

　　就这样，我每天早上一边哭一边起床。一旦起床了，后续的事情也都好办多了，看一会儿书，吃一点儿东西，整个人就好了很多。这个时间，有时候是下午两点，有时候是下午三点。渐渐地，可以在上午起床了。待到下午，整个人没有任何的不适，就坐在电脑前开始写小说。晚间若是又被往事困扰，便强迫自己去想小说里的情节，转移了注意力，也没那么难受了。

　　周末的时候，苏先生不工作就跟我黏在一起。听我絮絮叨叨地胡言乱语。

　　童年往事在日常时光里浮出水面。我对苏先生说："我小时候，我妈锻炼我自己洗衣服。家里用的洗衣粉含磷还是别的什么东西，我闻见洗衣粉的香味就头疼恶心，洗完衣服很久之后手上的皮肤还在发痒，被我自己抓得红红的。我妈就特别生气。我猜她可能怀疑我是装的，因为都是我自己说出来的症状。她又觉得可能是真的。因为我小时候就经常无缘无故地过敏，后背上起红点点，她就更生气了。"

　　我顿了一顿，用陈述的语气问苏先生："我这样的小孩儿是不是特别招人烦？"

　　苏先生："嗯。"

　　我："我知道我妈一直很烦我。可是她好像又很爱我，当然了，只要我考第一，她就会开心了。"

苏先生："家长都这样吧。"

　　我："有时候，我觉得自己生来就比别人差了一截。为什么别人都受得了的状况，我都受不了呢？"

　　苏先生："这样也挺好的，不委屈自己。"

　　我："我大三那会儿去昆明的报社实习，我本来打算当记者的。报社里的人调侃说，在咱们这，女人当男人用，男人当牲口用。我一想，我这娇气的体质，哪能当牲口用，哪能当男人用。我得多有本事才能招人待见。后来，我就放弃当记者了。我真是天真，就我这娇气的做作样子，一脸傲气又不是好脾气，讨厌我的人总归还是讨厌我，她们又不是我妈，不会真的为我的优秀开心。所以，越有本事越招人讨厌。你看我从来不主动讨好任何人，我才懒得费那力气。一个人是真喜欢我还是其实心里面讨厌我，我现在几眼就能看出来，跟我自己说什么做什么没有关系。"

　　苏先生："你管她们呢！"

　　我："我就是不适合上班。"

　　苏先生："嗯，那咱们就不上班，以后再也不上班了。"

　　我："这些年我太累了，太努力了，我现在就想当一个废物，我再也不想努力当一个有用的人了。"

　　苏先生："好，你就当一个废物。"

　　我想了想，说："我可以说自己是废物，但你不能这么说。我觉得，像你们这些每天需要做许多事情来证明自己的人才是废物，我这种敢做一个废物的人才是真正活得有底气！"

　　苏先生："哈哈……对，你说得没错！"

我："你以为每天什么都不做就一个人闲着是谁都能做到的吗？像你们这些人，就必须让自己保持忙碌才能感到踏实，一旦闲下来，你们根本没有勇气面对空无一物的自己！"

苏先生："没错，我们的内心空无一物，我们的灵魂苍白又丑恶！"

我："我就想一个人待着。"

苏先生："好，你想怎样就怎样哈。你在家好好吃饭，好好睡觉，你就开心了。"

我："嗯。"

三十岁这一年，我只想做一个废物，我写小说只是为了自己舒坦而写。

我就这样过了一个悠闲的夏天，在蝉鸣声中看一会儿书，打一会儿盹。天气热了之后，就完全不出门了。想吃什么新鲜水果蔬菜，都可以在 APP 上订购，两小时就能准时送达。周末，苏先生会带我去参加一些聚会，让我闲聊天听些八卦故事。夏天的夜晚，苏先生会带我去玩，去吃街边的火锅、烤串、毛豆、花生，喝啤酒。东西都不好吃，就只图个气氛。

就这样，一年过去了，秋天再次到来时，我已经不再执念于做一个废物，我跑偏的人生又重新回到了正轨。

2. 书店，手账

2016 年冬天，我重新开始使用日程记事本，或者说：手账。

"十一月的诅咒"似乎打定了主意年年来访。我握着心底小小的恐惧，开始玩手账。

玩具一样样寄到家里，苏先生摆弄着看，问我："这是什么？"

我："打孔器。"

苏先生忍不住笑起来，说："这又是一摊儿！"

我捂住他的嘴不让他说下去。家里有我许多不同时期玩的东西，比如前年的针线活儿，去年的毛毡，还有再早一些的纳鞋底和小缝纫机，写毛笔字的墨水和好多宣纸，涂色书和彩色铅笔，阳台上半死不活的多肉植物。我甚至还种过几棵名字叫作"橙之梦"的日本红枫。大部分都是玩一下就扔在那里不管了。

我强调："这回可不是随便玩玩！"

这个冬季，我依靠手账来支撑每日的规律生活。

我使用一个 A6 大小的活页本作为日程记事本。每天早上被苏先生起床的噪声吵醒，伸手摸到床边的眼药水滴下去，清凉感让身体跟着醒来。尽快摆脱床铺和睡衣，坐在餐桌前，打开日程本，按照事先写好的晨间事项一个一个做下去。

一日之计在于晨，一晨之计在于头一天晚上。每天晚上睡觉之前，我都会把家中大部分家务做好，厨房清扫整理干净。这样，每天早上很快就能进入清爽又闲适的时光。

苏先生上班之后，我就开始坐在餐桌前看书。准备了不少四百页以上的大部头书籍来读，因为集中注意力太久也不行，所以每天规定自己只读一本书的十分之一，读完就放下，然后开始写一阵子小说。中午给自己做简单清淡的食物，一边看着美剧一边吃完，算作休息时间。下午继续写作。一般两小时左右就要休息一下。对我来说，休息就是按照日程本上的家务待办事项去做一些洗衣服、整理冰箱、在网上订青菜水果等杂事。下午五点，要开始筹备晚餐了。研究一下菜谱，计划一下晚上做什么饭菜。苏先生经常应酬不回来，我一个人吃饭的话，又会简便许多。我们两个人对食物的喜好始终南辕北辙，所以晚餐我都要做成两种口味的。苏先生又时常没有胃口，饭菜得变换花样，要讲究配色和调料的和谐。我也学会了做土豆馅儿包子，用面包机和面发面，并不比做其他的饭菜更麻烦。

在我的日程本上，每天有三件事是首要事项：看书，可以帮助平衡心境，开启创作状态；写作，如果一天可以写上三两小时，整个人就十分舒服；吃饭，每天至少吃一顿主食，好好吃饭可以解决很多身体上的小毛病。

只要这三件事做好了，这一天就可以安然无恙地过去。其他的小事情，也会跟着顺畅起来。

在写作第一本书的时候，我的写作习惯还十分不好：经常从深夜写到清晨，白天睡一整天。

我似乎还无法忍受长篇写作战线太长、那种没有尽头的失落和怀疑，只能写一些短篇，还时常着急写完，以至于连续几日不眠不休，写到心口发痛，似乎累到心血耗干。写完一个短篇故事，要休整一段时日，方能恢复精力，继续写构思好了的下一个。

苏先生对我说："你这样不行。你得习惯白天写，不能熬夜。"

下定了决心长期写作，我要解决的不是能写出来多少，而是写到差不多就停下来，不能太贪心。冬季里，我喜欢坐在正对着厨房的餐桌旁。这里是整个家里最冷的地方，但我就是喜欢这里，放了一个电油汀开着。我喜欢这个位置，整洁的厨房让我觉得心情舒朗。

偶尔也会外出去书店里写作，特别是下午时间，写到一个自己反复纠结的焦虑处，外出写作反而会效果更好。书店和咖啡馆里来往的人群，分散了一些注意力，也分散了一些多余的压力，似乎就写得更顺畅起来。我喜欢去库布里克书店。冬天书店里有些冷，感到脚上凉，我就会换到隔壁的咖啡厅，那边的供暖更舒服一些。写累了还可以吃一些味道不错的简餐。

我喜欢看的书也发生了一些变化。时常会想起大学时期各科目老师推荐的书籍，那时候随便翻看过，已经没有什么印象，我便再买了书来，人类学的经典作品《金枝》，朱光潜的《西方美学史》，宗白华的《美学散步》，又找了几本亚里士多德和柏拉图的作品以及《伯罗奔尼撒战争史》这类书来看。感觉小时候看书，是作者单方面地牵动着我，年长后再阅读，似乎才有了与作品对话的资格。我喜欢在每个周日的下午做手账，记录一周的美好生活，然后把想要看的书在网络上下单。周一早上书送来，新的一周就开始了。

就这样，每天的日程手账航定了一天的方向。时间还总是不够用似的。

苏先生下班回来累了，总要看一会儿电视剧放松一下。他看着剧，我在沙发上看一本闲书，跟早上看的大部头不同，晚上看的书，有时候是刚上市出版的小说，有时候也看《红楼梦》。晚上及时入睡十分重要，如果一天过得令人满意，就会心满意足地睡着。睡不着的时候，打开音响，听门德尔松的《e 小调小提琴协奏曲》，或者看网络视频上大师海菲兹演奏帕格尼尼的《第 24 首狂想曲》。关于《e 小调小提琴协奏曲》，我一直喜欢梅纽因演奏的风格；而帕格尼尼的曲子，则喜欢海爷爷演奏那种高难度曲子时信手拈来的轻松感。听一阵子，关掉音乐，让旋律继续在脑海里回放，渐渐睡着。

2017 年北京的第一场雪降临，那个晚上电影开场前，苏先生和我在芳草地的中信书店。

手账大概从 2012 年开始流行于小部分人中。在 2015 年 5 月，《知日》出版了一期"手账最高"的专题，似乎可以窥见手账已经广受欢迎。2012 年时，文艺书店里出售的记事本只有 Moleskine，而如今，只要是文艺书店，一定会有诸多品牌的手账和手账周边。除了国内的原创设计，日本进口的手账，特别是以纸张轻薄、便携、不透墨著称的 Midori 手账一定会有。各色的日本、德国文具也占据了大面积的柜台。

我去书店里就多了一项活动：买文具。喜欢 MT 和纸胶带，喜欢 Midori 手账纸张的手感，喜欢各种手账周边、便笺纸。苏先生总会帮我选一些买回来。

那天在芳草地的中信书店里，我一下子就迷上了"人生日记十年本"。除了 Midori 优秀的纸张和清爽的设计，十年本的绀色布面也更让人心动。

我拿着手账去找在休息区的苏先生，一脸兴奋地盯着他看。

苏先生无奈地笑了，说："给你买一本！"

我："好！"

苏先生拿过手账翻了一下，又让我解释什么意思。听完十年连用手账本的使用方法，他也感叹着说："十年啊，感觉好长好长，无法想象。"

我把厚厚的手账本抱在怀里，一时间思绪万千。

2014 年春天，苏先生重新开始写小说。

2015 年 5 月，他出版了自己的第一本小说集《没有街道的城市》，书中后半部分汇集了他十八岁时候写的作品。每读一遍这些小说，总是让我对他心生景仰。

2013 年，我们结婚后的第一个情人节，他给我写了第一首情诗。在他的笔下，我看见了那个变化着的自己。

2015 年 12 月 31 日跨年夜，"做书"在库布里克书店里举办了跨年趴。那天晚上，我们都喝多了，我上台读了一首苏先生的诗《我的女诗人》。一帮人喝到凌晨四点，我们才回家。

2016 年 10 月，国庆假期之后，我的第一本书出版上市了。书名没能叫"穿睡衣的男朋友"，颇有些遗憾。"我还是很喜欢你"这个名字，我也喜欢，特意让出版方在书的扉页上印了一行小字："给苏先生，第五年了。"作为一个小惊喜，送给他。

拿到成品样书的第一本时，我送给了苏先生，并且在扉页上亲笔写了一段话：

小时候看书时就这样想过了，长大以后我也要写本书，扉页上写"给×××"。如今我做到了。只是我发现，写出一本书，印上给×××也没有什么难的。但我遇到你，才是人生中最大的惊喜。

你是我与庸常人生的结界，每日翻新的梦想。

2016年12月31日跨年夜，"做书"在时差空间举办了"编辑人与小说家之夜"跨年趴。我跟苏先生被刘松临时抓上台表演节目，我一时间想不到说什么，重复地说着：我希望2017年跟2016年一样就好。

也是在2016年的末尾，我的新书上市，在三里屯言几又书店举办读书会。

主持人问苏先生："娶了一个这么能作的老婆，你是什么感受？"

苏先生一本正经地回答："她能带给我极致的痛苦，而也只有她，能带给我极致的快乐。"

他说的时候太一本正经了，我都笑场了。

他后来还对我说："跟你谈恋爱是我唯一一件拼尽全力去努力做的事。"

我不屑地说："你努力什么了呀？"

苏先生惊讶地反问我："我还没努力？我反反复复地说服自己才接受了你！你都不记得了吗？那年在双井那边，有一次咱俩又吵架，我扇了自己好几个耳光，我恨自己贱啊，就喜欢你这样的！我是那会儿才认命的。你也不反省一下你自己，当年对于我来说，你是一个多么毁三观的存在。"

我翻了个白眼儿："你也不是什么省油的灯！"

3. 结婚的意义

冬季夜晚，我跟苏先生一起泡脚放松，我跟他念叨起我对我妈的第一次反抗。

大概是在我初中一年级的时候，一个周末，我妈例行对我进行批评教育。邻居于阿姨来找我妈出去逛街，听到我妈对我的呵斥，她便说道："你一天说她干吗呀？你家孩子都多懂事了，学习那么好，全学区第一啊，还不惹祸，多让人省心！"

我妈闻言，半晌没有说出话来。我当时听到于阿姨这么说，第一次意识到这件事情，那个永远都在心惊胆战地害怕又被我妈挑毛病的小人儿，忽然间挺直腰背昂起了头来。自打那以后，我妈就再管不住我了。如果她又像以前那样，说什么"别人都怎样怎样""人家都如何如何"，我就会激动地冲她大喊："别人是谁？你告诉我，人家到底是谁？"

长大以后的我，昂着头对苏先生说："我才是那个别人家的孩子！她在比着谁教育我？"

苏先生一边把我的脚包进毛巾里，一边说："我脑袋里刚有一个画面，以后你跟咱家女儿吵架生气了，我饿着没饭吃。"

我苦笑了一下，没说话。

结婚，并不像我最开始想的那样是可有可无的形式。

对女人来说，三十岁是一个敏感的年龄。在我们的朋友中间，也有不少被童年阴影笼罩，与父母失和，甚至是患病，又或者始终无法释怀的。

我跟苏先生听闻这些故事，不免私底下感叹："其实这些也都不是多大的事，咱们也都有过。"

苏先生说："可能是因为我们结了婚的缘故。咱们两家的父母，风格特别不同，让我们多了一点儿理解。再说了，一想到自己以后要生养孩子，也就会对爸妈多了一些同情。"

我感叹，说："是啊。我还记得，小时候有一次我看动画片，一边看一边乐，我爸就在旁边说，你看书看电视都自己咯咯地乐，跟我们在一起的时候，怎么从来就没有乐模样呢？不知道为什么，忽然间想起这话来。我小时候那么古怪，我爸肯定特别担心。"

儿女和父母之间的感情，永远都是不公平的。我妈从小对我唠唠叨叨地教育了那么多，我一句都没有印象，记住的全是困扰多年的噩梦。可我对我爸就特别宽容，他缺点也不少，可他对我的好，我都记得清清楚楚。

我转头看苏先生，说："以后我给你生个儿子，也够你受的。"

苏先生说："我会跟他做好朋友。我会跟他沟通，什么都跟他聊。"

我："那是小时候，随便你怎么摆弄。等长大了呢？青春期的时候，再随你，十八岁出门流浪，谈恋爱休学，脾气古怪，作天作地。"

苏先生一惊，瞪我："你不要吓我！"

我叹口气，说："没有什么是不能原谅的。所以，我现在对未来多了许多真实的自信了，以恐惧打底的自信。"

苏先生："嗯？"

我："不是相信自己有多么幸运、多么生活完美、多么所向无敌、多么正确的那种自信，不是年轻时候那种狂了。而是，一些命中注定的难题发生的时候，相信自己可以解决。相信自己不能完美地解决或犯下错误时也可以获得谅解。"

我顿一顿，告诉他说："你看我连抑郁都能自己扛过来。我没敢跟你说，那段时间我特别害怕。我看了一些书，说严重的抑郁症患者，大脑就是一片废墟，无法进行创造性活动。所以，我躺在床上使劲儿用脑袋做漫无边际的幻想。我可以进行丰富的创造性活动，我可以写脑洞大开的小说，所以，我知道自己没事，才不再害怕了。"

苏先生点点头，眼睛里红红的。我知道他不是为我说出的话难过，而是为我曾经独自一人承受的恐惧而心酸。

他把我抱回床上，在我的额头上亲了一口，露出笑容说："这大额头，专门是用来接受亲吻的！"

我也忍不住笑了，说："我对现在的生活和现在的自己都很满意。"

四季的风景在眼前巡回流转，我喜欢每一次色彩分明的转换。

在闲适生活的滋养下，我对食物开始产生好感。每次我主动提出要去吃哪一间店的某道菜，苏先生就像是被赐予了某种权力和奖赏。他拉起我的手，说："走，咱们现在就去！"

我们的肠胃如此忠诚，在一起生活多年也没能喜欢上对方爱吃的食物。我喜欢日本料理，喜欢泰国菜，喜欢台湾菜小份小份的食物，这样就可以点很多种也不怕吃不完。我喜欢俄式餐厅，喜欢酸黄瓜。而苏先生永远都只是喜欢西北菜。他去上海出差，满大街找西北菜；他去深圳出差，满大街找西北菜，吃完还要埋怨口味不正宗。而我们唯一能够达成共识的，似乎就只有云南菜了，所以三里屯那家一坐一忘餐厅，也成了我们例行约会的场所。后来终于吃腻了，就换成来福士的本土改良版日料店。苏先生每次都点同样的食物：加州卷寿司和罗宋汤。我还会看心情换着吃。当代 MOMA 里的蔓兰 S0 餐厅，原本也是我们的约会场所，但 2016 年冬天，他们家除了凉菜厨师其他厨师都换掉了，我们两个人都不再喜欢吃了。

即便是去一家两个人都喜欢的餐厅，都是各自点各自的菜。他点的菜我不爱吃，我点的菜他更是一口不碰。就连我们去吃火锅，我吃嫩牛肉毛肚大白菜，他吃牛肉卷土豆粉茼蒿菜。

除了饮食习惯，我们在生活习惯上也都反着来。

我喜欢安静，他喜欢热闹。他在家里总是喜欢把电视开很大声，同时去做别的事。我在这样的噪声中，不知不觉地，就已经到爆炸的边缘。我要待在极度安静的环境里。可他在太安静的环境会觉得慌。

我喜欢昏暗的灯火。他怕黑，在家里总是嫌弃灯不够亮，装很大个的灯。

他喜欢睡硬床，睡不了软床。我必须睡软床。我一身骨头，硬床硌得我浑身疼。

从 2014 年开始，我们就分房睡了。各自有各自的房间，布置成令自己舒服的样子。

我觉得这是没什么大不了的事情，不用太迁就彼此。

2017 年情人节，苏先生为我写了结婚之后的第五首情诗。跟第三年和第四年的情诗相比，这一首似乎平淡了一些。但我却更喜欢这一首。这是我的生活，从一层浮在心头的油腻的不满，到一条颠簸的道路，最后终于来到平坦地前行。

周六，是我和苏先生的例行约会日。

工作忙碌的人总是紧张焦虑，苏先生也不能例外。周一到周五，我一般尽量不打扰他。白天忙碌了一天，无论多晚回来，他都要看一会儿书，看一会儿剧。我特别能理解，虽然我们都知道晚睡不好，可是如果晚上不留点儿时间给自己，就好像这一天过得特别亏。

周六，他是恋爱中的苏先生。我们一起外出吃饭，逛街，看电影，他听我胡说八道。周日，我会让他陪我写小说。两个人在咖啡馆里待一整天，写完之后神清气爽的。

最让我动心的是，有时候苏先生周六也要外出工作，忙完之后，他不回家而是打电话给我，让我去哪个餐厅里，他说："出来吧，约会。"就像他每天晚上下班回来，带钥匙也不自己开门，总是敲门让我开。我听见他在走廊里发出声音把声控灯震亮，就赶紧飞奔过去，一路喊着："我来啦，我来啦！"

他进门以后，我就围着他转，他换鞋，脱外套，去卫生间洗手等，我也跟他在身后。

他笑着说："好像一条小狗啊你！"

我就更加开心地围着他转悠。

我们的约会行程一般很固定，有时候，苏先生也会突发奇想地打算来点儿新鲜的。元宵节那天中午，我还在睡懒觉，苏先生就洗漱好了催我起床，说："走，我带你去玩！"

我不情愿地从床上爬起来，不忍心扫他的兴致。

苏先生说："我们去白夜餐厅吧。"

我："今天不是很想吃。"

苏先生说："好，那我给咱们挑一个。"

挑了一阵子，苏先生带我下楼坐车。一路上我也没什么兴致，结果到了地方之后，竟然找不到店。

我有点毛躁了，一脸不情愿地跟着他找。终于找到了店，却发现排了长长的队伍。那天有点儿冷，我又没穿太多，心情立即不美丽起来。

苏先生说："冷啊？我给你找个暖和点儿的地方。"

他去里面找休息的位置，我倚着门看到用餐的人，扫了一眼桌上的食物以及用餐环境。想到我竟然要饿着肚子排队就为了在这里吃饭，眼泪噼里啪啦地掉下来。

苏先生回来，看到我，说："哭了啊？"

他拉着我的手从饭店里走出来，直接拦了辆车回东直门。

我被他霸气坚决的样子感动到，心情舒朗了一些，怯怯地解释了一句："我都饿啦！"

苏先生显然生气了，说了句反话："我不饿！"

出租车开到来福士，我心情美丽起来。苏先生还沉着脸。

我嬉皮笑脸地奔过去，扯着他的胳膊说："老公，你发脾气的样子好酷好帅啊！帅得我心里一颤一颤的！"

苏先生怒中带笑："别跟我整这套！"

我仔细看他，说："你看你，鼻毛都气出来啦，还这么帅！"

他忍不住笑了。

到了餐厅里，我拿过菜单，说："老公，你吃什么？"

苏先生还在生气："我气饱了！"

我："没事，我先给咱们点哈，看我给你点一个好吃的！"

点完餐，服务员跟我们确认："就点这些吗？"

我朗声说："先点这些！他现在生气呢，等他消气了，再让他自己点。"

我们经常来这家店，服务员都跟我们熟悉了，也跟着笑起来。

苏先生看着服务员，也不好意思地笑了。

我："老公，老公，你看我多会哄你，是不是！我可不像你，突然想表现一下，结果功课没做好！哈哈……"

苏先生："闭嘴！"

4. 夫妻吵架发展史

吵架，是我跟苏先生的生活里一个重要的主题。

谈恋爱的时候，我们吵架吵得最起劲儿了，谁也不让着谁。特别是我，简直是吵到兴奋吵到嗨。一旦被苏先生说出来的话气到血往脑袋冲，就越吵越清醒，唇枪舌剑，妙语如珠。有时候两个人吵着吵着，就笑场了。苏先生也会说出一些惹人发笑的话来。有一次，他忽然大喊一句："这都是精神层面的交流！"

吵架的理由都很无聊，所以我也记不得了。

结婚第一年里，吵架最狠的一次，两个人开始冷战。苏先生下定决心不理我。为了动摇他，我开始作，从柜子里拿出剪刀，就冲着自己的长发剪下去。那一年，我已经长发及腰。一剪刀下去，头发短了一半。苏先生不为所动。我发现自己这招儿治不住他，只好灰溜溜地出门去理发店修剪头发。

回来之后，苏先生看着我肩膀以上长度的头发，瞪着我说："我告诉你，这招儿没有用。"

我翻了个白眼儿，说："你别以为吵个架吵完就完事了！你每次吵架说话都比平时恶毒一百倍！我就是让你看看，你在人心上戳下的伤口，你别装看不见！这头发就是见证！未来一年半载的时间里，你都得看着它，为什么这么短！你再给我吵，再气我，我就再去剪，剃成秃头我也愿意！"

苏先生："你吓唬谁啊？难看的是你！"

我："你还不了解我吗？就算顶个光头，我也还是走路仰脸朝天的。倒是别人都得想，这男人的老婆怎么是个光头。你的同事朋友们问我一次，我就把故事讲一遍！"

苏先生顿时泄气："算你狠。"

如今，我的长发已经过腰了。偶尔太长不方便，我就自己修剪一下，苏先生竟然也会注意到，他会问我："你头发是不是剪了？"

我："嗯，我自己修了一下。"

苏先生："我说嘛，感觉短了一点儿。"

他还会摸着我的头发说："你看你头发都这么长了，日子过得一定很舒心吧。"

我们分开房间住后，有时候因为小事怄气，就算已经消气了，也拉不下来脸找对方和好。

有一天下午就是这样。最初吵架原因已经记不得了，总之我们各自在各自屋里。眼看着周末就要过去了，我挺想找他腻歪的。但我比较要面子，我就在自己床上床头床尾来回打滚儿想：怎么办啊，怎么办怎么办啊，怎么办？

我开始跟我在大理的大学同学发微信："最近忙不忙啊？什么时候结婚啊？有空来北京玩啊！"

就这些闲扯的话。

但我手上打着这些字，嘴上也没闲着！

自带嗲声嗲气配音："你在干吗呢？"

"我最近很无聊。我老公也不陪我。"

"我想去大理玩呢，你最近有时间吗？"

"我去玩你陪我好不好？我一个人去呀！老公没空。"

"现在天气怎么样？我都不知道要带什么衣服。"

"哈哈……"（银铃般的笑声）

苏先生从隔壁跑了过来："你干吗呢？你要去大理？你跟谁聊天呢？"

一边说着一边抢我手机。我象征性地挣扎了几下。

他抢过手机一看，发现我是演的，立即笑场了。

他说："我就知道你是装的，但我还是忍不住。"

就这样和好了。

我把这项吵架冷战后和好的神技都写出来了。估计以后我大学同学再也没有人会回复我的微信消息了。

我辞职在家以后，心情闲适，太放松了。有一次苏先生发邪火，我跟他根本不在一个拍子上，吵不起来。结果只是一个骂，一个哭。第二天，他反省了自己，开始对我嬉皮笑脸。我拿了纸笔，让他写检讨书。苏先生写了，很深刻，说明了我们之间总是吵架的根源问题。

检讨书

尊敬的豆芽女士：

经过我认真的思考，我决心痛心疾首地认错，并改之。

通过本次事件，我认识到了许多错误，现列举如下，请豆芽女士监督：

一、没有充分理解豆芽女士的心理，按照自己的主观感受判断了事情；

二、没有控制好自己的情绪，对豆芽女士没有礼貌地冲撞，致使豆芽女士伤心流泪；

三、没有做到一个丈夫应尽的职责，照顾好豆芽女士的身心健康；

四、内心比较不完备，遇事较着急，尤其是家里的事情；

五、不尊重豆芽女士的内心需求，按照自己的想法去要求豆芽女士。

这些深刻的问题吵完了，吵架仍然不会完全从生活里隐去。

有一天，我在餐桌边玩手账玩到累，正打算上床睡觉。苏先生说："我让你帮我找的书找了吗？我明天要用！"

我："我差点儿给忘记了。"

家里的书我才收拾整理了一遍，苏先生找不到。可我自己也找不到了，翻了半天我也没头绪，开始心烦起来。我念叨着："你能不能不用啊，我不想找，我好累！"

苏先生那会儿还在用微信聊工作，一时烦了，吼了我一句："别再说话了，烦死了！"

话到尾音其实他已经意识到了，开始语气弱了下去。但说出来的话就是泼出来的水，我生气地摔上门回自己房间。

感觉全身的衣服都像负累一样缠绕着我，我飞快地脱掉衣服钻进被子里蒙上头大哭。

过了一会儿，苏先生过来了，一开始他还不敢来跟前看我，反反复复开灯关灯地试探后，才掀开我的被子看我，又笑场了，说："你脱那么干净干吗？"

我已经不敢哭了，手抵着胃不动，心里琢磨着：我不会被他骂一下就胃穿孔了吧，这可作大了！但是胃真的好疼，我都好多年没有胃疼过了！

我闷声说："热水袋！胃疼。"

苏先生赶忙去给我烧水灌了热水袋。我趴在热水袋上，热乎劲儿一上来，我就有了精神，捶床哭喊着："气死我啦！气死我啦！气死我啦！"

苏先生一边笑一边说："气着了啊！我就说了你一句。"

他连忙哄着我，说："我给你煮粥去哈。"

凌晨两点，苏先生这个手残才为我煮好粥。粥送到嘴边，我的胃疼就好了一大半了。

我一瞪眼睛，说："让我自己吃？"

苏先生："我喂你，我喂你。"

嬉闹着，苏先生喂了我一碗粥。我感觉恢复了力气，不禁感叹着说："自打我生病以后，咱俩再也不能以平等的心情吵架了。你以前什么话都敢说我，那时候我多么坚强，多么抗打击！"

苏先生："就是，吵架的质量都下降了。"

我看着他，心里升起一股温暖。

苏先生："那你快好起来，咱俩还像以前一样吵。"

我："好。"

轻松的日子过着，我还是会偶尔不开心。身体不舒服或者睡眠不好又或者写作状态不佳时，我就会：不开心。

我不开心的时候，就一定要讲出来，还要在网络上找一些委屈可怜的小奶猫图片，配合表达我的不开心，发给苏先生看："我不开心了。"

苏先生总是哄我。

有一天，两个人在一家日式烧烤店里喝梅子酒，我喝到微醺，便说了实话。

我："老公，我现在特别心虚，我一边作，一边心虚。"

苏先生："心虚什么？"

我："就以前吧，你还跟我吵架跟我讲对错。现在你完全不跟我分对错了，就是由着我，哄着我，整得我特别心虚。你怎么变成这样了？"

苏先生："自己老婆，有什么招儿？再说我也明白了，我的逻辑是怎样做最好这件事就怎样做，而你的逻辑是我怎么高兴这件事就怎么做。我理解你了。"

我得意地笑："你总算长大啦！"

CHAPTER 8

假如

没能

在一起

我在库布里克书店写小说的时候偶遇了苏先生。

我就坐在窗户边上，他和一个朋友站在门口，是刚刚从书店里走出去的样子。我当时戴着耳机听歌，霉霉的 *Sparks Fly*。在写作的间隙里，一抬头看见这画面，简直紧张得快叫出来。我大力挥舞手臂，跟他同行的人看到了我，拉他，他才看到了我，开门进来。

他进来书店，离着好几步远的距离，装酷，望着我却不到我身边来，整得我心里乱七八糟的，一直痴痴地回望他。

他潇洒地挥挥手："你写吧，我们走了。"

晚上回家，我扑到他身上："白天在书店里，你竟然在大庭广众之下撩我！"

最近几年，猫的天空之城书店开到了全国各地。上海福州路有二十四小时营业的大众书局，台湾诚品书店在苏州开了店。厦门的不在书店，深圳的覔书店，广州的方所，尚没有亲见。一直致力于推广Kindle电子书阅读的亚马逊也开了实体书店。国内各地的新华书店也在进行改革，仿照文艺书店的方式，配合了咖啡厅和阅读休息区的更加舒适的装修风格。

2016年春末夏初，花家地的单向空间举办了一次朗读会。那天人实在太多了，苏先生有应邀上台的安排，所以我们一直等到午夜时间。

我看他站在台上，用西北方言朗读余华的《现实一种》，怦然心动的感觉如此清晰。

2016年炎夏，还是在花家地的单向空间，有一场诗歌活动。我在角落里席地而坐，苏先生在场地中的座椅位置。我们外出的时候，不喜欢黏在一起，知道对方在哪里就好。

我看着人群中的苏先生，不禁痴痴地想：如果我们当年没能挽回彼此，没能在一起，现如今又是怎样的情形呢？

如果我们没能在一起，如今遍地的文艺书店，各式各样的读书活动，诗歌活动，我们一定会在这样的场合中遇见吧？如果我们没能在一起，当我来到书店参加一场活动的时候，是否还怀有某种忧伤又喜悦的期盼？当我看到他站在台上，用那独特的声音朗诵起我爱的句子，又会是怎样一种心情？又或者我写作出版一本我们恋爱故事的小说，我会用一个怎样的句子作为结束，他又会不会在新书宣传会上出现呢？

炎热的夏季，单向空间的室内开足了冷气。周末下午，一楼的咖啡座坐满了人。仍旧睡到中午才起床的我，到吧台边点一杯酸奶作为一天能量的来源。

迈进三十岁的苏先生，穿着一件棉麻衣衫，过早出现的中年危机在挣扎着挽留青春的那种文艺做派。但他一定会早早地就来到书店，在一个合适的位置坐下来，翻看一本书，等待还要一个多小时才开始的诗歌会。

等我来到二楼时，人们早已经挤满了这并不宽敞的空间。青春期还有三十多年才能结束的我，身穿一件连体的迷彩短袖短裤套装，戴一顶白色贝雷帽，穿白色运动鞋，太阳眼镜别在领口。身材依旧瘦弱娇小，犹如未经发育的十二岁少女。而我那不再娇嫩的脸上依旧有着年少时期微微痛楚的表情。我会随便找一个角落，旁若无人地席地而坐。等台上有我感兴趣的人讲话，我再站起身来凑到前面去听。

苏先生一定就在这个时候认出了我，即便他只看到了我的背影和半张侧脸。因为我身上穿的衣服还是他当年买给我的，不太可能撞衫的那种设计。

我喜欢的诗人讲完了，我便又退回角落里，低头刷着手机。我会在什么时间发现苏先生，那是很难说的。我不太在意周遭与我无关的人与物。但我灵敏的第六感，会让当天的我躁郁难忍，不时抬起头来张望。

在人群中识别出苏先生并不难，这件事我尝试过很多次。即便我轻度近视又不肯戴眼镜，还是可以感受到他的讯息。我可能会呆愣，或者伴随着台上偶尔也蹩脚的诗句打一个寒战。我可能大脑一片空白，直到活动结束后音乐表演的吉他声响起。

歌手莫西子诗唱了一首诗歌作词的歌曲，我听到泪流满面时，转头就看见苏先生已经站在我身后了。

他一定会一言不发地拉住我的手，没有问出那句落入俗套的话：这些年，你过得还好吗？

因为我站在这里，就是一切的答案。

我会住在一个离办公地点很近的小区里。我的房间里，玄关、茶几、书桌、衣柜、卫生间的置物架上、床头柜上，甚至是被子下面，全都是书。

苏先生会打量我整洁干净的房间，在将要说出一句蠢话来时被我的手指按住嘴唇。

我拿起手机，打开音响，播放一首著名诗人的作品填词的歌。

路迹独特的嗓音在夏日午后的阳光里哼唱着：你是冰凉的舌头／冷静而又爱我的／女人冰凉的舌头／舔舐我满身的汗水／我是你的赤裸的婴儿／干净而羞怯的站立／你是耐心的手／坚定的心指挥着／除草机般耐心的手／卸掉世界绿色的浓妆／我是你内心明亮的新郎／你环抱我不让我过于耀眼／你是金黄的嘴唇／你是辽阔原野般的小腹／你是浩荡的飓风的长发／我在夏天等你来救我／我是人世中迷路的灰鹤／秋天在时间的密林里／命令我沉默

我会用鼻尖轻轻贴着苏先生的脸颊，问他："好听吗？"

苏先生："嗯。"

我："我觉得，一个诗人一辈子有这一首诗，就足够了。"

苏先生："嗯。"

我："可惜我不会写诗。如果我会，我的那一首诗，就是你了。"

那年夏天站在办公室门口痴痴望着他的心情就在眼前。那些安定门花园胡同里的风，缀满枝头的回忆，在阳光中闪闪发亮。那年未写完的诗句，无法挽回的彼此，失落于岁月中的时间的嘲讽。他柔软的头发就在眼前，手臂的力量，呼吸的温暖，胸怀里淡淡的香气——

当硬币抛向空中，我并不在意它落下来朝上的是哪一面，他始终是我会选择的人。

我在被子里用脚踢苏先生的小腿，说："睡也睡了，你该走了哦。"
苏先生翻过身来，双臂拢着我，说："乖，轻点儿作，好好过日子吧。"

The End

2017 年 3 月 5 日 北京 东直门

番外

1. 婚后第三年日常

苏先生莫名得意地说："我觉得好男人还是挺少的。"

我："什么是好男人啊？在我眼里只有聪明男人和蠢男人。"

苏："我聪明吗？我挺蠢的吧，不然怎么栽在你手里。"

我："你挺聪明的。"

苏（又得意莫名）："我聪明吗？"

……蠢男人！

苏先生昨天晚上十一点多才回家。

他说："老婆，我发现我每年都会又重新爱上你一次。"

我："没有用！"

昨天晚上我房间里的暖气可能坏了，半夜把我冻醒了，跑到苏先生房间里蹭体温。摸黑过去把他吵醒了，感觉他在做梦，今早一问果然是，在梦里跟别的女人结婚了！

#哼，被我抓个正着儿！#

苏先生不在家的这个下午，我不仅给他洗了衣服，还给他的皮鞋上了清洁护理油，甚至还熨了衬衫、长裤，以及出差要带的秋季外套。此时我深感失策。这样他岂不是更喜欢周末往外跑了，不用在家端茶洗水果按摩肩膀。失策啊！

#功力确实不如当年#

想起当年谈恋爱，苏先生惹着我了，躲在办公室（客厅）不肯回房间。他知道我不会到外面来跟他吵，都是一起创业的哥们儿。于是我在他的房间里，默默地把他床单撕成了一条一条的。那声音，真是好听！

#年轻真好#

今天我家苏先生要去见我的前老板，搞得我特别紧张，满脑子都在想，老板他不会跟我老公告状吧，比如，你怎么把你媳妇惯成那样！

#心虚 ing #

苏先生太能聊了。跟早上来取快递的人说："咦，你说话口音跟我老丈人一样，你们是老乡不？"现在跟修墙的人说："你们是做装修的不？我以前也干过这个。"

苏先生说晚上去吃火锅，我说："短信预警今天下午降雪，建议不要出行。"苏："是说最好不要离开北京，不是说不让下楼。"

苏先生涂完润唇膏亲了我一下。
我："这个润唇膏好好用啊。"

今天新闻推送悲惨的事情。
我问苏先生："以后你的孩子考试成绩差你会打他吗？倒数第一，你会生气吗？"
他说："不会呀，我会觉得他是一个天才。"
 # 家长都好变态啊，一波各有一波的变态想法 #

周末看电影压力太大了，来电影院的姑娘们都打扮得花枝招展的。庆幸自己打算套个衣服就出来之后还是重新好好地搭配了一下，然后又化了个妆。当然不是这么有预见性，而是想起苏先生是个朋友圈晒老婆狂魔，偷拍外加连个滤镜都不给。
 # 简直是大明星一般的自我修养 #

苏先生说："每次我在路上遇见你就心跳好快的感觉。好奇怪啊，没必要吧，都结婚好多年了。"

今日名言：你还嫌弃我作，我看你身边的人大部分都比我作，只是他们作碍不着你什么事罢了！（to 苏先生）

苏先生带我去吃"××素食"。因为菜不好吃，所以我们全程聊天太多。最后聊到如果我没有嫁给他的话，现在一定还没嫁出去，根本找不到合适的男人。所以说，去一家餐厅吃饭，环境不是最重要的，菜还得好吃。不然容易聊岔劈！

给广大直男的保命建议：如果你把你的老婆（女朋友）惹生气了，就不要发个短信霸道总裁式地说什么"我晚上回家吃饭"。因为对方极有可能会下毒！特别是天蝎女！

周末苏先生在家，看我穿了一双粉色的袜子，就问我："哪儿来的袜子？"

我："哦，淘宝送的赠品。"

苏："哦，我说嘛，怎么买这么俗的袜子！"

我："俗吗？就是最简单的样式，最普通的偏粉色一点儿的袜子！袜子要多么不俗！！！"

我以为就这么算了，结果那天逛街，他说："给你买几双袜子吧！"

#处女座的老婆不好当#

苏先生今天早上凶了我之后摔门走了！中午我温柔贤良地给他打了

电话。他以为我成熟了，长大了？（并没有）他还不知道，是他刚走就送来的快递——新买的衣服救了他。

2. 婚后第四年日常

吃完饭和苏先生逛街。

我："老公，你看那件衣服好看！"

苏："不适合你，那是给二奶穿的。你这气质一看就是大房！"

我："……"

让苏先生给我灌热水袋。

苏先生说："你就自己灌呗，为什么非得要我给你灌。"

我说："因为这是爱的表达方式啊！你看，你喝水不自己去倒，都是让我去；你想吃零食也不自己去拿，都是我去拿。而我呢，就必须要你给我灌热水袋。这都是为了表达爱啊。"

苏先生："好！"

于是苏先生愉快地去烧水了！

家里有三岁小孩儿的学着点儿

我有段日子美剧看多了，强行把四川菜称为中国菜。苏先生很不待见我。

最近我已经过劲儿了，结果苏先生每次都说："去吃中国菜？"

我说："你这样说的时候不觉得很羞耻吗？你怎么被我忽悠成这样啊！"

苏先生："因为我是你的脑残粉啊！"

#猝不及防的情话#

中午跟苏先生生气。

苏先生做离家出走状，把包收拾好衣服穿好。

我在床上躺着以为他走了。过了一会儿外面有动静……听见垃圾桶响……门响……洗碗声……洗垃圾桶……拖地……大概过了半小时……这位离家出走的也还没走。

估计没活儿了，苏先生进门对我说："我要出去了！"

#敲黑板：离家出走不用打招呼！#

作 × 苏先生要吃我爸做的土豆馅儿包子，让我在给他做包子和给我爸订火车票之间选一个。

需要说明一下的是，我爸本来也不做土豆馅儿包子，是苏先生喜欢吃，我爸自己研究了做出来的。然而苏先生他爸也不会做土豆馅儿包子，是苏先生高中学校门口有个包子铺，土豆馅儿包子很有名气。

#心疼我爸#

以前苏先生在家完全是大爷啊，吃完饭完全不管，起身回房喝茶去了。经过我历时一年的努力，这货终于知道吃完饭把碗收进水槽了。然而始料未及的是，我还没吃完，盘子就被收走了！我还在喝汤！筷子小菜都被收走了！我抱着一碗汤对着干干净净的空桌子！

#不想说了，我哭一会儿#

给苏先生洗好的白衬衣，袖口发现不明污渍。

苏先生说："这个不是我自己弄的，一定是你洗的时候没洗好。反正你给我弄回来。"

#厉害了我的大宝宝#

吃着糖炒栗子。

我问苏先生："你女朋友是不是特别喜欢吃栗子？"

苏先生："谁？啊，她有吗？你要不提我都忘了生命中还有过这个人！我发现我特别无情，只要是不在我身边见不着了的人，我就给忘得一干二净了。"

#怎么办，苏先生现在的反挖坑技能越来越强了#

谈恋爱的时候，我对苏先生说："你养我吧，我吃得很少，穿得也很少。"

他现在说我欺骗了他。

我说我给你解释一下："少，是指体积小，并不是指便宜。"

这大周六的，被苏先生补刀了。

他看了我小黑板上一个新的故事大纲，说："写这么多大纲有什么用？一个也写不完！"

#心痛到无法呼吸#

翻苏先生的微信。

我："你的初恋女友长得也太难看了，这大饼脸！"

苏："以前不长那样！"

我："就看现在这样以前也好看不到哪儿去啊！"

苏："那你现在呢，再看以前！"

我："我怎么就越长越好看，她越长越丑？"

苏："因为她不像你嫁了一个好男人啊！"

我："……"

#为什么我嫁了一个比女人还心机的男人啊#

分享一个人生经验：女孩子谈恋爱的时候不能太傻太专一。要组织有竞争力的选手形成战局。否则结婚快第五年的时候，像苏先生这种人就会说：那时候没有别的人要娶你吧？没有其他人跟你求婚吧？哼，还不就是我。娶老婆是一门捡漏的学问。

刚刚站在道德与良知的制高点上抨击了苏先生在家什么家务都不做的无耻行为。末了，用一句话划定自己的弱势格局："唉，没有办法，谁让我嫁了一个这样的老公。"结果苏先生认真了，要求我说一下自己理想中的丈夫，说明白自己对另一半到底有着怎样的抱负！

#完蛋了，今天晚上没法过了#

苏先生都是一直到饭好了喊几遍才会过来餐桌前的人（并坐下来等着有人给他拿筷子）。

他做作地感叹："老婆你好厉害啊！"

我："有什么办法。"

苏先生："我觉得吧，不只是我这样，是所有的男人都很懒。你觉得呢？要不然就是你年轻的时候没有努力去找好的。要不你现在再去试试？但我觉得也没有用。"

#好讲道理的懒蛋啊#

为了增加吃肉的乐趣，昨天晚上特意约苏先生去吃烤肉。

然而，本人命不好，没有嫁到一个能为我翻肉的老公，还要照顾对方"凉茶不好喝""香菇有怪味""肉烤硬了我不想吃"的抱怨。全程吃下来，右肩胛肌肉劳损，摄入的热量全部被耐性耗尽。

我不瘦谁瘦呢？

#未来三年不想再吃烤肉#

苏先生："老婆我要吃水果，你给我拿一下。"

我："你不要习惯了什么事都支使我，以后你儿子也跟你学。你们就一个大老爷一个小公子的，来回遛我玩吧。"

苏先生："我儿子要的东西跟我要的东西都放一块，你跑一趟就行了。"

#我竟无言以对#

音响定时三十分钟，躺在床上半梦半醒。音乐流淌，雨后夏夜凉爽。今天一定会在零点前睡着。

迷迷糊糊地，就听见苏先生喊我："老婆、老婆、老婆、老婆……"

我勉强答应："干吗？"

他站在我的房门口："问问你睡着没？"

……

苏先生从昨天晚上到今天上午都在抱怨我不黏着他，也不找他玩。现在我看完书了，去找他玩，他说他要睡觉，然后就睡着了。

我……

＃再也不跟你玩了＃

苏先生生病时："老婆，我生病了。我要×××。"

"……啊，我都生病了你还对我这样！"（内心 os：生病了求关爱）然后发豆瓣朋友圈：生病了，瘦十斤。

我生病时（对试图过来安慰的苏先生）："给我滚远点儿！"（内心 os：特么的等我病好了，炸了这颗害我生病的星球）

发豆瓣朋友圈：关心政治，关心经济，关心粮食和蔬菜。

苏先生捧着我的脸："老婆，你最近是不是又瘦了？"

我："这么热的天我能不瘦吗？热得我都快要蒸发了！"

苏先生："那你快点儿蒸发吧。"

我："……"

苏先生强行在《狂恋大提琴》的电影原声乐里给我读了一首诗——《我把自己分成碎片发给你》。

 # 此处有叹气 #

深夜给小说人物起名，顺势点开算命网页，算了我跟苏先生的命格。

早上起来跟他念叨："我一生内心多愁苦，老了也不例外，好在有钱可以缓解痛楚。而你老了缺钱。"他一边说我无聊到这种地步，一边念叨了一整天后决定，自己得赚钱，免得老了被我欺负。

 # 作为家中唯一的经济支柱却缺乏赚钱热情一事终得解决 #

仲夏夜，躺在床上。一小瓶刚从冰箱里拿出来的养乐多，酸酸甜甜凉凉。我嘬一口，给苏先生嘬一口。爽不爽？爽。他说："古时泡在妓院里躺榻上抽大烟的浪荡子和头牌就这样吧。"

我："老公，我好难过。"

苏："怎么啦？"

我："我好久没有写小说了，感觉自己一无是处，甚至我觉得自己都配不上眼前这个包。"

苏："乖，别难过啊。买买买！"

我："太好啦！我终于拥有一件我配不上的东西啦！"

苏先生说："你一声不响地就走了，整得我心里空落落的。下次你走之前跟我说一声，你就说我走了。不然我就以为你干吗去了，一直等着你呢！"

＃然而我只是从他的房间回隔壁我的房间呀＃

苏先生说："老婆，你的腿长得这么好看，不给我煮饺子可惜了。"

我："……"

苏先生说："老婆，我想吃酸汤水饺。"

我："对不起，您的瞎话只能购买普通水饺。"

跟苏先生吵架了。他怒吼我："废物！自己什么也干不了就会发脾气。"我号啕大哭。

他反悔了怎么也劝不好我。我大概号了两个多小时吧，后来就跑过去抱住他，说原谅他了。

我说："我不是废物。只有你们这些每天使劲儿做点儿什么证明自己的人才是真的废物。我这种有胆做一个表面废物的人，才是真的活得有底气。"

苏："哈哈，太牛了你，怎么想出来的？"

苏先生问我："5月25日晚上你有时间吗？"

说完他就笑场了。

然而身为职业主妇的我并没有笑场，打开日历一本正经地说："等我看一下。"

此时他说完了邀约，于是我摇摇头说："没有时间。"
#什么是职业主妇你们根本不懂#

给苏先生买了两件衬衫。苏先生少年心大发地忆苦思甜起来。
我："哈哈……还像个小男孩似的，给买了两件衣服就这样。"
于是，小男孩恼羞成怒地喷了我一脸唾沫。
#三十岁的男人了，竟然做出这种幼稚的动作我也真是给跪了#

夏天一到，苏先生就"撒娇鬼"上身了。
晚上吃消夜一定要我煮泡面，说我煮的才好吃。
我不买账啊，他就说："你煮不煮，不煮我就一直缠着你。"
真的就磨叽了一个多小时啊！
现在又让我哄他睡觉了："老婆你过来，等我睡着了你再走。"
刚哄睡着，胳膊都被压麻了。

我："老公，你的面没吃完啊，还吃吗？"
苏先生："不吃啦，太难吃了。"
我："你说什么？"
苏先生："老婆，你身材好好啊，像二十岁的小姑娘。"
#天下武功，唯快不破。要说快的，还得是贱。少侠好俊的功夫！#

昨天晚上睡不着，刷知乎上的两性情感话题。
有一个普遍的问题就是，男生回到家一直刷手机。两个人在一起久了聊什么呢?

像我和苏先生这种比较文艺的家庭,一般对话都是:"老公,我白天在你的沙发上做布艺手工,弄丢了一根针。你自己小心点儿吧。"

最近化妆神功大长。基本上妆前妆后两个人。

但我一般都素颜,主要原因是实在不忍心如此欺负我家直男。

当然了,同时也教育他:"你不要在外面看见好看的小姑娘就想入非非,回家卸了妆跟我一样丑哦!"

苏先生在同事的桌子上看到便笺纸就说:"这个你用吗,不用我拿回家给我老婆!"

只是因为我唠叨我在网上买的便笺纸不好用。

#这样下去你早晚会被同事拉黑啊#

苏先生写小说的时候都是放很老很老的歌曲,今天我还听到了《村里有个姑娘叫小芳》。

我写小说的时候一般都是放经典歌剧选段。

大家感受一下!

我发现了一个惊天大秘密:苏先生跟他前女友在一起的时候是他做饭的。(据说那女的不会做饭)

而跟我在一起的时候他说:"在我们家那儿,男人是不进厨房的!"

#我要买七套家居服!#

早晨！苏先生瘫在床上看着剧用萌萌哒好奇的声音问我："老婆，你怎么这么喜欢做家务啊？"

我笑答："一会儿你刷碗哦！"

我们家苏大美人带我出来喝东西。一坐下来，翻翻菜单就叫服务员："来杯石榴汁！"

我心想："真懂女人啊！"

结果他抬头问我："你喝什么？"

苏先生今天要去参加一个××大会。

早上我看见他在换衣服，就问："你怎么不穿白衬衫，穿这件干吗！"

他："耐脏。"

我："那你穿这条裤子干吗！"

他·"脏了好洗。"

我："你不穿大衣？"（他要穿棉袄）

他："不穿，怕弄脏了，今天人太多！"

……

不知道的还以为他要去参加农产品大会？

这个处女座太洁癖了！别人参会不都是穿比平时更好的吗？

我跟你们讲，夫妻之间要特别注意讲究情趣。什么叫夫妻情趣，就是每次我吃杧果，都会喂苏先生一块，看着他吃下去，然后问："你说你会不会过敏？"

春天来了，跟大家说天气忽冷忽热小心容易感冒，特别是少去人多的地方。昨天聚众看了个电影，结果晚上回来两人就都感冒了。我还好啦，吃个维C片第二天就好一大半。苏先生就比较麻烦了，还得吃糖水黄桃。

苏先生问我："我看起来很闲吗？我都快忙疯了，他们还说我看起来特别悠闲。"

我："你一天拎着个菩提子手串你怪人家说？"

感觉苏先生get了太多男性生存法则。

我现在问他晚上主食吃什么，米饭还是面片？以前他都是直接回答，米饭or面片or都行。

但现在，他会先说："老婆，你想吃什么？"得到我"我都行"的回答之后，他才会说出自己想吃的那种。

#这是要成精啊#

时尚达人苏先生陪我去上街买菜。

他穿了一件黄绿色的羽绒服、一条军绿色的吊裆裤、一双蓝红相间的翻绒磨砂皮鞋，露出一截亮蓝色袜子。不要试图以此逃避陪我买菜的命运。

当然一路上我是遮着脸的！

他还发明了一招儿。在蔬菜冷柜前大喊："老婆，老婆，你快看，甜豆和荷兰豆长得好像啊！"

#没有用#

又要出门买一周的菜！

听到大风吹的声音不想出门！周末让苏先生陪，他就是不去，说什么出门就漏气了，写不出来稿子。

想吃泡面一定让我煮，说还是老婆煮的最好吃啊！

让他倒垃圾他也让我倒，说"你是专业的啊"。

我竟然都信了！

昨晚通宵陪苏先生写稿子。我说陪就是真的陪，他在那边写，我在一旁刷购物网站，直到早上才睡。

今天苏先生改了一天的稿子。我才偷偷看了，很惊艳！感觉又重新爱上了呢！

#我自己还有两万字没写#

苏先生一边给我擦脚一边说："这特么的一天把你伺候的！这要是我女儿还行！谁一天伺候你！"

#我绝对不会给他生女儿的#

苏先生有三种厚度的秋裤各两条。

于是，经常晚上我给他准备第二天衣服的时候，他就说："老婆我明天要穿那个厚秋裤；老婆我要穿那个最薄的；老婆我要穿那个不薄不厚的。"

我："……"

#我一个美少女也就只有两条厚秋裤而已#

苏先生说周末要在家写一个大稿，我就信了。

伺候他吃喝。结果他吃饱了睡，睡醒了就看《欢乐喜剧人》。还拉上我一起看小岳岳，把我三生三世一百里桃花的写作状态都整没了！

#这个祸害！#

小说拖太久，尿着不想写。但，想象一下你的经纪人、你的老板、你的上司、你的投资人、你的衣食父母……就住在隔壁的感觉！每天回来问你"今天写多少啊"，你是不是也得每天拖地拖三遍来制造"写不好小说还可以做个好主妇啊"的事实。

#小说无法完稿理由之二十八#

以前我写小说，写得累了，就心慌。苏先生总是怜爱地说："别写了，明天再写吧。一天写两小时就行，你多休息闲着呗，你写两千字就行，写太多累得慌！"

而今呢！我都通宵写一万字了，他都不搭理我，嫌我最近玩得太狠了！

#人面兽心#

苏先生的人脉特别可怕。报刊亭老板发微信给他说《人民文学》到了也就算了。昨日走在来福士里，一个卖衣服的小帅哥出来热情跟他打招呼。

我惊问："你还记得他？"（大约半年多之前买过一次衣服）

小帅哥笑答："天天看他的朋友圈。"

苏先生天天晚上刷微信群，晒初恋，各种扒情史。我悄悄地拿他手机把高中群聊天记录截图发初中群，把他们拉到一起：你们掐吧，到底谁是初恋！

厨房里小火炖着羊蝎子，问苏先生"想不想吃羊肉汤里的粉丝"，苏先生说"想"。
我说："那你去买粉丝吧。"
苏："不去。"
我："楼下超市就有。"
苏："不去，太冷了，才倒了垃圾，冻得人都没有心情活下去了。"

我问苏先生："如果我去昆明闭关三个月，你怎么办？"
苏："出去找小姑娘玩啊！像我女人缘这么好的人！"
我："……"
小说至今没有写完的真诚理由

早上去拔智齿，排队等着的时候特别紧张。苏先生说你别紧张，我给你讲个笑话。
笑话特别长，铺垫太多我都听不下去了，于是高潮马上来了，苏先生开始笑，笑得讲不出话，笑得眼泪都出来了，笑得脸都白了。
然而并没有听过这个笑话的我……-_-

我："我告诉你哦，我就是那种传说中的已婚少女，对男人有一种致命的吸引，一种神秘的难以捉摸的气质。"

苏："是，我每天可担心了，那么多人喜欢你。"

我："你不信是吧？"

苏："没有啊，我只是觉得他们都太差，不如我优秀。"

#自恋夫妻的日常#

心情不佳，特别特别特别讨厌苏先生。那种感觉好可怕啊。

今日睡到这个时候，在床上滚来滚去，翻看写小说的笔记。

忽然想明白，人有时候就是需要讨厌一个人。每个人都得有那么一个人去恨，不然就只能恨自己了。

我就只有他，爱，就只爱他一个，恨，也可着他一个人恨吧。

我："我今天晚上在哪边睡啊？"

苏先生："回你自己的房间睡。"

我："我害怕。"

苏先生："在我这边睡。"

我："你的床太硬。"

苏先生："我陪你去你的房间睡。"

我："我不喜欢别人睡我的房间。"

苏先生："那咱俩出去开房吧！"

#就这么愉快地决定了#

晚上炖了鸡汤蘑菇，今天送来的蘑菇特新鲜，又嫩又滑。

两人吃饱，坐在沙发上对着电视机发呆。

苏先生温柔地牵起我的手，含情脉脉地说："你这么作，一个人过的那些年肯定特别艰难吧！"

 # 真是吃饱了撑的啊 #

姑娘们不要吝啬对男人的赞美。

今天吃饭，我说："我发现你特别适合我，别的男人聊上一阵子基本怎么回事我就都明白了。只有你，对我来说永远深不可测，是不是我们太亲近的关系？"

苏先生（一脸得意）："不是！"

我："吃完了咱们走吧，顺便逛一下。"

 # 遂从头到脚买了一整套 #

3. 婚后第五年的夫妻日常

苏先生要用我的电动洗脸刷洗脸。他说你单独给我找一个刷头。我说这个一周用一两次就行。他说不，我要天天用。直男这是怎么了？

 # 是不是谈恋爱了 #

我今天终于醒悟了！苏先生一点儿都不爱我。每次苏先生晚上饿了，无论是十点还是十一点还是十二点，我都能快手烧一个汤给他喝。换成我半夜饿了，苏先生给我掖好被子说："乖啊，睡着了就不饿了。"

在北京奋斗的这拨同龄人里面，我跟苏先生可能是最没有上进心的两人。我二十九岁已经退休，苏先生天天把全职写作的梦想挂在嘴上，周六此时已经开始睡第二轮回笼觉了！

苏先生最近瘦了，又留长了头发。除了隐藏于衣服之下的微微隆起的肚腩，现在他看上去就跟二十四岁刚刚遇见我那会儿一模一样。他自己也发现了，照镜子频率增加，发朋友圈说想找二十岁的小姑娘谈恋爱，然后被甩，被折磨得死去活来……太不让人省心了！

写作并不是一件愉快的事。但是不写作我能干什么呢？每天担心苏先生跟二十岁的小姑娘谈恋爱被甩得撕心裂肺之后还要我来安慰他吗？我还是写小说去吧！

周末在家，苏先生偷偷去楼道里抽烟，第一趟出去的时候，主动对我说："老婆我去倒垃圾。"第二趟出去回来，紧张地看着我，在我眼皮底下急匆匆地翻出薄荷糖塞进嘴里。

#就这点儿技能#

昨晚上苏先生去应酬，半夜十一点多才回来。我哄他睡觉，说："老公，你侧颜好美啊！"苏先生说："我知道！早就有人说过了，我们小公室的那些女人跟我说过好几次了！"

唉，自己的老公要趁早夸，不然就被别的女人先夸去了

同样的事情发生在我身上。苏先生："我发现你的锁骨很性感。"我没搭茬。苏先生不爽："是不是早就有人跟你说过了？"我没说话。苏先生不高兴了："哼！有人跟你说过了是吧？"苏先生暴走。

唉，做一个善解人意的妻子真的好难

晚上不开心，让苏先生帮我洗碗。苏先生说："老婆，你要想好，我已经很久没洗碗了，把你的厨房弄脏了怎么办，这个风险很大。"我说："没事，你洗吧。"结果，碗没洗干净，还弄得到处都是水。我觉得，这一定是他的某种策略，我千万不可以发火。但又觉得这样想真的是太尊重他的智商了。

苏先生跟我同学吐槽，说我娶得便宜养起来贵。嗯，我不能枉担虚名。

因为某件小事，我假装感动地对苏先生说："你怎么对我这么好啊！"
苏先生说："你看你从小到大长那么丑，多不容易啊。我对你好点儿。"
我："……"

苏先生又出去应酬了，到现在还没有回家。我已经做好了新一批以黑他为第一目标的写作计划！

在家庭日常决策权力争夺战中，苏先生已经开始跟我较量撒娇大法了。我真心觉得自己是一丁点儿性别优势也没有了。

#心酸#

昨天晚上，身体不适的我忍受着病痛，还要照顾没盖被子就睡着了的苏先生，给他盖被，关灯，关好门。然后一个人拎着已经变凉的热水袋凄凉无助地回自己房间继续不舒服。今天早上，当我把这一切说给苏先生的时候，他不仅没有一丝愧疚，反而露出幸福满足的微笑。我想知道，难道是我的表述有问题？

二十年前，村里的人对苏先生说："以后你娶个老婆就把你管得死死的。"苏先生说："一个女人她还能管住我？"二十年后，苏先生说："人哪，都是小人物就别说什么大话了。"

苏先生躺在床上闭着眼，我以为他要睡第三茬，打算给他盖被子。结果他说："我没睡觉，我在想小说。"十五分钟后，我又过去看了，他已经睡着了。

#竟然还有人说我选了个潜力股#

苏先生总是很好奇他出门上班以后我在家做什么，就像人类好奇他们的猫主子在家做什么一样。

苏先生要吃泡面但是一定要让我泡。苏先生说："老婆，你泡的面才好吃啊！"我说："少来这套，我已经过了相信这种话的年龄了。"苏先生说："哦，那我不吃了。"……大概过了一分三十秒，我从床上爬起来给他泡面。苏先生偷笑。我说："少得意，我只是感觉自己又变年轻了……"

我吧，认为谈恋爱的女孩子们其实不必抱怨直男们对于女生的事都不懂。因为，像我的话，有一次苏先生随口说"你们女孩子×××的时候不是都要×××吗？"我瞬间狂怒，拍案而起质问他："你是怎么知道的！你以前女朋友是不是就这样？！"

苏先生大直男，他以为他爱吃的就是全人类爱吃的，他不爱吃的就是毒药。有一次，我抓住这一点深刻打压了他在其他方面的嚣张气焰（对，这才是正确的使用方式）。于是，他立志要改，下班后给我买饺子。晚上回家一起吃完后（内含茴香），他急性过敏，两个眼皮跟门帘一样挂下来，把我吓个半死。

我爸更喜欢我，而我妈更喜欢苏先生。自从我爸学会玩微信，三天两头跟我聊天，苏先生极为羡慕，但我爸不大爱回复他。今天下午，他主动加了丈母娘也就是我妈的微信。但问题是，等我妈学会玩微信，还得一阵子。莫名心疼苏先生。

一个小西瓜切成两半，我问苏先生："你吃甜的那半，还是不甜的？"苏先生说"我都行"。我把其中一半递给他："给你吃甜的，爱你哟。"苏先生接过去，说："你说哪半甜就哪半甜，是吧？"我：呵呵呵……

＃长脑子了，不好忽悠了＃

我在自己房间躺着看书。苏先生过来双手摇着我说："你是谁？怎么在我家里？"我不耐烦地说："天一黑我就出来了啊，这么长时间了你怎么还没适应！"

＃大半夜的就不能好好睡觉＃

前一天晚上吵架生气了，第二天苏先生要出差，我又不得不给他收拾行李，无法立即卸任，但又不想跟他说话，只有把行李箱里收拾好的东西列在单子上给他看，单子丢在他书桌上。并且说可以留作给他下一任老婆的交接文件。苏先生回来之后还不乐意了，说："我这样的人怎么可能就一张纸交代完！"

我："那我还得给你写本书呗？！"

苏先生："前几天有同事问我，你觉得你下决心娶苏豆芽的原因是什么？她决心嫁给你的原因是什么？我回答说，第一个问题，她是我见过的女性里骨子里最像女人的，而且家务做得最好的。第二个问题，她的梦想是子孙三代以内要得诺贝尔文学奖，嫁给我应该是最有机会实现这个梦想的吧。"

我："哥，你看透了生活。"

我问苏先生，你猜这个城堡蛋糕多少钱？苏先生随口说："一千。"

我："你自己去看。"苏先生："五千。"我："以后你儿子跟你要这个生日蛋糕你怎么办？"苏先生立即说："过期了。"

苏先生说："我的天啊，瞧你胸平的，你出门能不能穿点内衣！"我："你懂什么？我打算发明一个词叫作'贫乳女神'，我就是这个词的首位代言人。"苏先生说："呵呵，你那叫残疾。"

昨天睡一起，睡着前，苏先生抱着我亲我额头。亲一口说一句老婆我爱你，然后冲我额头吹两口气。然后再亲一口吹两口气，亲一口吹两口气，如此循环往复十几次。
 ＃他是不是在给我施什么法术？＃

周日早上十点半，苏先生还在睡觉，我站在他床边。他睁眼看我："怎么了？"我说没怎么，就是刚刚写完两千四百字。于是，苏先生起床了。放很难听的音乐敲键盘，他说他今天写两千五百字就好，不求更多。

苏先生在看《我的前半生》。我看了一段儿靳东的戏，我低头微笑着说："靳东这样的男人太好玩了。"苏先生瞪了我一眼说："把你害羞成这样干吗啊，好像人家要娶你似的。"
 ＃醋王之王＃

苏先生要出门上班了。今天天气很热，我跟他说："天热多喝水。"

苏先生说:"这种屁话你就别说了。"

我啊,每隔一段时间就会把自己的东西从苏先生的房间里悉数清走,搬到另一个房间住。这可以美其名曰婚姻生活里的恋爱。今天我又开始这么作了,但是我在深深地反省,这种玩法,究竟是给了苏先生虚幻的婚姻生活里的自由感,还是让他产生了自己其实并没有结婚的错觉呢?

#我要深深反省一下#

七点,我问苏先生饿不饿?想吃什么。他说他不饿不想吃。八点我又问。苏先生说不用管他。九点,我再问他:"你是不是得吃点儿东西?"他说还早,再说。我说:"你要吃就早点儿吃,别整到半夜,睡得又晚,重点是耽误我睡觉。"苏先生说他自己看着办。现在,苏先生说:"老婆你还是得给我煮个面,不然我坚持不到明早上了。"

在想自己的介绍词:苏豆芽,每日早起写作三小时,一年三百六十五天笔耕不辍。但编辑催稿的时候均回答:还不想给你看。长年在豆瓣秀恩爱,涨关注八百掉一千。而苏先生最感兴趣的词是:停妻再娶。

上周大力写作,累到。周末两天整个人都是蔫儿的。苏先生卖力哄我也没有用。他说:"你想吃什么我带你去。你想买什么我都买给你。"我:"什么也不想吃,什么也不想买。"苏先生就真的很担心了,不时查看我，说许多好听的，劝我好好休息。感觉又 get 到一项新技能！

#但这个什么也不想买的技能是不是有点儿亏#

苏先生说："以后机器人普及给我们端茶倒水，我们男人就牛掰了。再也用不着你们女人做什么事！"我："哟，原来我是有被机器人取缔的风险啊，我还以为是哪个小浪蹄子。"

年少时，我妈对我说，馋人爱喝汤，懒人爱哼哼，都让你爸占全了。如今，苏先生一去我家最爱喝我爸做的汤，我妈："嗯，不爱吃饭多喝点儿汤，这里面营养都有了。"苏先生吃完饭就往后仰，直哼哼。我妈："在北京上班很累吧，回家来好好歇歇……"我爸："呵呵。"

我们家是坚决不会养猫的。没别的，就是苏先生现在提起他初三那年养的猫，还像在提起初恋情人。

昨天苏先生下班后不回家出去嗨，很晚才回来，到家后又看剧到一点多了不肯睡。我强行抢下 iPad，一起睡不着。睡不着聊天，然而毕竟在一起这么多年了又天天腻歪着，没那么多话好聊的。于是，凌晨两点钟，苏先生再一次向我细数自小学五年级以来有多少漂亮姑娘喜欢他，黏乎着他……我差点儿又失眠一宿。

早上起床气，把苏先生骂了一顿。苏先生说："老婆，咱俩要是离婚了，爸妈还能认我吗？"我："那是我爸妈，为什么还要认你？"苏先生："电视剧里就这么演过啊！"我："你现在是不舍得我爸妈，舍得我，是吧？"苏先生说："嗯。"我："你少看点儿电视剧，一天就知道看电视剧！"

睡前，苏先生给我抛过来一个写作上的议题，然后他就睡了。我深深思考一直睡不着，稍有感悟，便打算跟他讲。看他翻身半睡半醒，我："你睡醒了吗？你之前说的那个，我想明白了一些。"苏先生哼哼："没睡醒。"翻身继续睡了。……留下一个在黑夜中双目炯炯的我！

苏先生在我家待了几天已经跟他老丈人学坏了！抽烟非要在屋里点上，然后才去外面抽。在室内留下一缕二手烟，嚣张地证明："我抽过。"

我妈跟我告状说我爸如何如何，但反被我给说了，我妈生气了，说我向着我爸，拉偏架。于是，一会儿苏先生要陪丈母娘去逛街买买买。
＃我也是能惹事儿＃

苏先生看《致青春》，说："我发现你跟郑薇性格一样。"苏先生看《前度》，说："你跟那个前女友一样，性格特别像。"苏先生看《鬼吹灯》舒淇版，说："你就跟那个女的一样倔。"……但是，今天苏先生看《金瓶梅》，说："我发现你跟潘金莲一样。"我："……"

我："楼上可能换人家了。"苏先生："你怎么知道？"我站在厨房抽油烟机附近闻了闻，说："之前都是做羊肉炖白菜、青椒炒肉丝这些北方菜，最近都做辣辣的或者臭臭的菜。"

我爸电话打到苏先生手机上。苏先生说："爸！"我爸："啊？啊！我打错了。"……想起多年前，刚见过家长还未结婚那会儿，我在苏先生手机上存了我爸电话号码"老爸"。苏先生接我爸电话，以为是他自己亲爹，就说："爸！"我爸在电话那端沉默了好几秒，才说："哦。"

　　我一躺下鼻子就堵，起来溜达就好了。苏先生说："你看你就是不适合懒着。我就是躺着好舒服，站着就浑身不舒坦。上天给你的人设就是这样的，你赶紧起来吧，干点儿活，收拾收拾家。"

　　关于《已婚少女苏豆芽的二十二个侧写》，我必须补充一句。不喜欢挠背，是因为苏先生有一次（2016年4月中旬）嫌我挠得不准时，他说："我前女友挠痒痒可舒服了。"

为你

写诗

她或者他或者它

（结婚后第一个情人节，写给妻子苏豆芽女士的第一首诗歌）

她总是严声厉色

每天用命令的口气指令我做这做那

违背我的意志好似她是最大的活什

她变通着用书上的、生活经验中的，以及父母朋友那里的

一些歪理邪说来对我洗脑、说教

试图改变什么，兴致勃勃得像改变什么要紧的事情一般

洗脑不成就开始威胁

拿以前的那个我说事，拿五十岁以后的我说事

但是她从来不敢用四十岁的我来威胁我

我知道她也怕四十岁这个东西无意间威胁到她自己

好像她看完五十本世界名著、八十本当代名家、四十本哲学随笔散文

读完四年中文系、策划出版十五本畅销书、考完英语四六级

考完一个最牛鼻子的司法考试

都是准备用来对付我的

他有时候能生嚼活咽生活的压力

我每每叫嚷着活下去的苦痛时，他会摆弄小小成绩以资鼓励

说现在很满足，很幸福

这句话，于他而言是他给我的满值，于我而言，是我给他的负值

又有时，半夜他会因为工作没到达预期，哭完一场又一场

我跟他说，你辞职、你换工作、你完不成老板不会怎么样你

他会哭着睡着，早上醒来打扮得像个大学生

摇摇晃晃去上班，过一会儿给我发信息说：老公，事情顺利解决

我就知道，所有事情的结果，迟早和他预想的一样

什么生活、什么挫折、什么病魔

在他那里都要偃旗息鼓乖乖回去睡大觉

我其实一点不想安慰他，因为在他哭泣时，你安慰他他就伤你

不安慰就显得没人性，那索性就承受伤害去安慰他吧

谁叫他是那个在你身边陪你每天睡醒的她呢

它经常是一种机器，能突然生产出来金光闪闪的语句、食物、信念

这三种东西恰如其分是男人的需要，缺一种，男人的生活就无味、无趣

当生活中发生阵乱，它会坚硬如铁，任你曝晒，扔给你一个自己的原则

还去过活自己那种求之不得、兴冲冲的日子

谁知道它如何修炼出来的这种定力，反正遇见它就知道它有这种神功

它只有八十斤，但是生命力却那么张狂，它绝对是一个刺头

在正经事情上，它一直有意见，一直是保持发言权的那个

在不正经的事情上，它绝对是最平暖的那个，才不管不顾这件事情会怎么样

它也经常柔润，变得软绵绵，这时候我就要作威作福

释放下它在他和她的状态下给我的暴力

我经常在看它怎么给我演好他和她的角色，其实演不好，我也无所谓，但它还是一本正经

后来，我却上瘾般看它演来演去，好坏各有味道，味道浓淡不一，我故作淡然给予评价

背后我会心里念叨，其实它无论多好，无论多糟，于我而言

只要是她，一切都好

苏先生

———

2013 年情人节

我们的夫妻关系

(结婚后第二个情人节，写给妻子苏豆芽女士的第二首诗歌)

每次偷看你

我都怕在你身上发现自己的罪恶

我怕看出证实我是凶手的证据

因为有我，你才开始下班后做工序繁复的西北面食

并委屈自己开始附和我的吃食，洗刷自己的肠胃

放下刺人的傲气妥协于和我们需要达成共识的对象

要是在未遇到我之前，或之后

你绝对不会想到自己也会变得柔软温润

我也怕你在某一刻醒悟

半夜出走，扔下我这个生活上的矮人

去做回一个没被我改造过的女人

于是我用爱意、惊喜继续迷惑着你

你也假装领受，继续给我生活的正常节奏

报以欢心

我窃喜和害怕，怕哪天你找不到你自己

你回来找我，这是会成为一件大罪

我是元凶

每当我们争论不休

你天蝎的理性最终敌不过我处女的刻薄

你会施以暴力后哭泣

找手足无措，想你这个女人不公平

暴力完后用上了一种神功

这个和口才可不在同一个时空

我懊恼我忙着施展才华

把你当成了辩方而不是妻子

我会给自己找一个滑稽的理由去招惹你

你不领情做回陌生人一个晚上

承受不了冷暴力的我再也没有了计量

只得一夜噩梦

有时候默默想你

想你这么精明，怎么会折于我手

我会觉得自己力量无穷

更多的时候

我会想到你身上原有的、自带的、与生俱来的

我还会看到我强加给你的、你改变的、你因为我而学会的

还有我们共同成长的

还有一些无法找到的

这些都是你的，还是我的

我企盼着，又躲避着

像一个作家看另一个作家的成名作

每当你出差

我会偷笑，终于终于可以想做什么便做什么

终于可以乱放乱吃乱玩乱看乱睡

可是又怕自己记性不好，在你归来时无法恢复原状

但这一切最终都变得无关紧要

因为没有你的抗衡和监督，我对这些都没了兴趣

我们又成了惺惺相惜的敌人

每当我出差在外

你早早备好的药包、洗漱包、衣服包都会突然出现

我对你说，这几日你可以休息下

可以吃你自己想吃的，看韩剧的男明星，见大学时候的高富帅班长

可是半夜我还是接到了你打来的电话

说，一个人睡不着，无书可读

我便耀武扬威，放大自己的创造力

给你炫耀我的下一个小说故事

但是每当我讲完，你就开始挖苦

说道，你这个还是没有余华的精准震撼

我们又成了永远留着对方不灭的高手

很多时候，无意中瞧你一眼

被你发现后

你便自己显得羞涩不堪

像未出阁的深闺

青涩又精致

我也不怀好意地变成一个猎手

想用最节省最玄机的方式把你猎住

因为那样既值得夸大又经得住流传

苏先生

2014 年情人节

我希望我们停止枯萎

(结婚后第三个情人节，写给妻子苏豆芽女士的第三首诗歌)

每当清晨我早醒

第一眼看到你，我就被焦心所挟

我怕今天的你，遇到老板的轻视，遇到上司的嫌隙，遇到出租车司机的吼气

以及一切你面对生活所要遇到的诱惑或者鄙夷

我怕所有的这些带有颜色的东西

让晚上回到家的你变得不透亮

我就这样怕着，每个有希望的早晨和每个无望的梦境

同样，我怕我也在加速枯萎，已经感触不到你的变化

我也怕着，同样的我，在某一天，你看我时，惊讶于我已经不是你要的那个人

每当我晚上坐在家里那个被你改造过的沙发上

用耳朵提心吊胆又满心欣喜地接收你上楼的声响

直到防盗门咯噔一下

我就又开始了慌恐，那一瞬间我才想起看看四周你设定的这个和我们各自故乡尽量接近的家

在这之前的空余时间，我都在发呆，每天思考着，我怎么能做些违逆的事而不为你知

我怕我又把什么乱动了，迎来你的嫌弃

有时候你回家不言一语，过一会儿肯定要哭

有时候你回家盛气凌人，过一会儿就要发威

前者的你一定是受到自己尊重的人的责难

后者的你就是今天又胜利了的你

黑夜再次承接我们对白天的满与不满

并施与我们安眠或者焦躁

我就知道，直到这时候，我才有把握发出一句幸福的肯定

嗯，这丫头没变，还是昨天的她，还是去年的她，还是五年前的她

我希望着我们能停止枯萎

能不被复杂改变，能不被不美好漫心

能抵得住零散的丑恶，能迅速忘记那些潜伏很久才被自己发现的奸邪

我希望我们能去无限制地虚度所有时间

不管那些高的成就，矮的自尊

长的忍耐，短的满足

我希望我们从早晨看到脆弱娇羞的黎明

再到看到持重不控的夜晚

这之间的所有温暖和寒心，我都能和你用相同的心思去对待

不屑的、轻蔑的、挥霍的，你尽管糟蹋这所有的生机勃勃以及心如死灰

我觉得这就是我们在一起最最应当的浪费

每次吵架，我都把你当成仇人

那天持续四小时的辩论后

我以胜利者的姿势睡去

你不再说话，而是跑到我的床上来一次次掀被子

我以无情的言语继续伤害着你

最后的你，终于，摆给我一双妻子的眼神

那一刻，我的心瘫软得像我头一次抬头看见的故乡的整团整团的白云

我太钟情于你的强大，而无视了你的天真和弱小

偶尔，在马路上我们并排而行

我侧脸一看，你宛然一睁的眼睛，像个刚探头的鸡仔

这些所有的积极，似乎都在把我往明亮里引导

在遇到你前

我曾把一些追逐当成雄心

我也曾把一些路过当成宿命

而这时，我多么想和你就此诀别

我怕，持续枯萎的我让你的信心消磨殆尽

我是多么不想看到某天的我们

像老茧似的让人无视的男人

像菜场似的让人喧嚷的女人

就像你所难过的那样：

终有一天我将被消耗掉所有的热情，其中之一就是我不再爱你，每每想

起这件事情，这比我不爱你还要难过

我多么想我们就这样停止枯萎

一路迎着盛放

一路抵着泥土

拥有长的陪伴，短的相拥

多的晴朗，恰到好处的惊喜

苏先生

————

2015 年情人节

**我奢望三十岁后，
每年你都会重新爱上我一次**

(结婚后第四个情人节，写给妻子苏豆芽女士的第四首诗歌)

我三十岁了

像你说的：

你脸上没有了明晰的轮廓

你竟然开始喜欢穿不系腰带的裤子

你再也不适合留长发了

像我说的：

我再也没有力气重新追到一个像你一样的人儿了

抛除生命最后那些不确定，余下的几十年，我想到唯一的办法就是
此后每年你会重新爱上我一次

有多少次我也被缠绕在成长中的那些噩梦里

有孤独的，有压迫的，有无助的，有些许绝望的

半夜惊醒后

偶会看到在梦里哭泣的你

我喊你，摇晃你，颁布孱弱的指令：这是梦，这是梦

我无比知道童年遗梦对人心的煎熬

我知道，岁月的催拔和反刍开始在三十岁交汇了

谁也逃脱不了这种成长遗留的困境

比如我们领受疼痛的能力下降

比如我们开始无比怀念田野上的神

有时候你的悲怆有刺穿心脏的力量

这时我想着，要是能早些再早些有我陪在你身边该多好啊

就像你今年拔掉的那两颗智齿一样，你的每个惊慌和每个明确的疼，都
有我看在眼里

我不知道这是来得早了，还是领悟得晚了

对于你来说

我的新鲜和生活的乐趣

开始大于任何其余所得，这让我充满斗志

于是我执掌自己的秘密，以备在你想丢弃我时

给你措手不及的回击，让你收获始料未及的惊喜

当然我并不是把所有秘密都会给你看

那岂不是和俘虏一样

其实是不想让你窥伺到我的软弱

这种软弱揭示的结果，可能是减少我们对未来的信心

我是多么了解，像你这样的女子，支撑你的都是那种有把握的不确定带

来的欢喜

我要保持对你的足够吸引，这才能保证我奢望的实现

决心现在丢给你一个秘密：

我听见水流声便会陷入记忆的困境

比如洗澡和洗碗带来的怅惘

使得我感觉这两项工作每一次的完成我都会老上一岁

在对你所有的"家教"抗争中，对于洗碗，这一年我接受了

而此前，我的所有小说都是起始于洗碗池的水流声

这一年，我和你分别做出过一次疼痛的改变

你放弃努力多年的事业重新出发

而我更换了自己最尊重的活着的方式

这两个决断中，我们各自承受的和为对方承受的

都以时间换取

你用眼泪换取女人的疲惫，以备入眠

我用水流声掩饰作为男人的惶惶不安，用以思索

老婆，无法预言，在这一年中

我的乡愁肆意操控我的夜晚

焦灼难耐时，我打开地图，找到家乡的位置

然后看到它的上下左右，放大放大

我似乎在逃避地图还原的那一瞬间，看到我承受不起的幅员辽阔

而我曾经是那么地向往着远方

我似乎越来越想回到自己

这么多年保留的那些恶习才让我觉得真实

所幸，在我三十岁的这一年

我竟然还能在和你单独相处时

嗅到二十年前记忆中的某个下午的阳光和风以及空阔

想起那么久远的一场欢欣

那天我一个人带着前所未有的信心拥有一大片纯净的故乡

我断定，这种感觉来之不易

早上我上班前，推开你那扇门角堆满书的木门

看到熟睡的你，睡姿是这样的或者那样的

我跑进去，偷偷翻看你记录写作思路的本子

有种了如指掌的优越感

婚后第四年好像是咱们遇到的一个大难年

天灾人祸

来自内心的煎熬和身体的不适

好多次内心凉透了，然后重新复活

很多时候的信马由缰被很少时候的困苦连累

挫败和激昂交叠

日子在二十多岁的时候是极速变大的

这一年开始缓慢变小

像你说的：

这老夫少妻的日子啊，过着过着就丢了

像我说的啊：

此后每年我会让你重新爱上我一次

苏先生

———

2016 年情人节

生活对我们说着梦寐以求的谎言

(结婚后第五个情人节，写给妻子苏豆芽女士的第五首诗歌)

毫无防备，也始料未及

结婚五年了

生活似乎开始跟我说着梦寐以求的谎言

比如你给的一些关于婚姻的记忆

早晨收拾好的我的包

晚上铺好的我的床

深夜我喝酒后塞进嘴里的护肝片

还有因为我食道狭窄难以吞咽的大颗粒深海鱼油

这是如此残忍又多么鬼灵的你哦

就那么突然，就那么致命，但是也没那么不安

我觉得我迷恋上了另一个你

你习惯拍照给我看你养在阳台上的多肉

每年春节前种的水仙

每个清晨的变化，你都要细细跟我说道

我还惊讶

你居然会跟我说今年咱们家吃了多少瓶橄榄油

我反正到现在也没明白你跟我说这些，是要说什么

可能直男如我这般

一辈子也不会明白的，你说就说吧

还有好多意外，也让我震撼

我随便点开网站上推荐的相册

呵，这是多么有趣好玩还吸引我的女孩子啊

能收集生活中每个美好的物件，积攒对美好的具体认知

我点击相册主人资料想去为人生埋下伏笔

你也了解，结识有趣的女性是我人生一大嗜好

看到这个相册的拥有者竟然是你时

心头一凉啊，你这个女人真是难缠

我好像逃离五指山的悟空，还是要再一次落到你手里

更害怕的是，我如果没有早点遇到你

是不是在日后终究还是落你手

还有你在库布里克书店看到我的书被放在特价区出售

你居然气愤地全部买回了家

之后我去书店时店员跟我说起你的愤怒

她说起你的可爱

那神情像是在说书里的女子

我说：在她心里那是她老公第一本书的一版一次印刷

这一年，你也发出了终极一问：

我们这两个人为什么要在一起

我答：因为我们都一样是两个可怜人

只有这样两个人才能深刻地理解对方

你抱着我，大哭失控

我不知所措

这一年，我也问了你一个问题：

你做得最叛逆的事情是什么？

你答：就是嫁给你啊

我狂笑不已

我告诉你，我体会到的幸福就是这样的

你不知道，对于在十五岁就以诗人自居的我

这句话是这辈子最大的奖赏了

呵，你还说曾有一次吵架后你已经自暴自弃了

我认错后咱们一起去吃饭

你还是点了一个木瓜牛奶，想着以后对我好点

可是就是在不久前的半夜

我醒来摸了摸你

五年了，你依旧是个正反面分不清的女人啊

穿林而过的大雪

穿城而走的火车

笼于大河之上的浓雾

山边重云压来的小城

这些使我莫名兴奋又瞬间失落的

焦躁的和不可预期的全是我们的生活啊

就是这么无处不在又习焉不察

在梦里我是黑夜生成的长刺

穿行于朽坏了的雨林之中

这一年你那么多深夜的哭泣

让我翻来覆去地死

那是一种难以理解的锥心刺骨的无望啊

就这样

哪怕现在听见一声疑似的别人的哭声

我便已经死了一半了

我成了被摁进油灯里劣质的灯芯

只能等待被一点一点浸透最后死气沉沉地噼啪作响

我觉得很恍惚，我居然能给你的菜做排序

第一名是土豆鸡肉

第二名是土豆馅儿包子

第三名是土豆炒韭菜

我曾经是对生活多么无望的人啊

这一年，我也重视你的写作了

偷偷整理了那些你在过去丢弃的、练笔的、不完整的作品

我看到了你在最叛逆的那几年写的字

我感受到了沸腾的挫败、欲绝的疼

有些句子让我凄惶，原来那些年你曾那样被内心折磨不休

那些东西没有让你沉下去，你是多么侥幸

这之后的生命会赐予你无比美妙的造化

生活正在跟我们说着梦寐以求的谎言

我们在这谎言里只需紧握着双手，静等时光流逝

苏先生

———

2017 年情人节

谢谢你陪我把生活过成梦想

结婚两周年纪念日情书

我活得很任性

所以我也喜欢你任性

做永远长不大的少男

两年了

我最想感谢的是

你没有因为结了婚而小心谨慎地活

好像更猖狂了一些呢

你说结了婚就是有老婆的成功人士

接下来还要做一个有钱的成功人士

还有有理想的成功人士

结婚第二年了，我终于闲下来有时间好好爱你

我们的小日子也充满了恋爱情绪。

认识你第一年的时候

我在忙着争夺你的时间你的注意力

费尽心机

认识你第二年的时候

我忙着在工作上取得成绩

好让你停留在我身上的目光久一些再久一些

认识你第三年，我们结婚第一年

我们忙着吵架争论男人刷碗到底会不会改变人格

我每天都在努力调整自己做对的事情成为对的人

结婚第二年，我终于可以正常地爱你了

放下了对错，只想旺盛地活

继续任性妄为，但不会边任性边担心你会不会因此不爱我了

再也不会努力去想怎么做才会让你满意

你说好希望自己现在做的事情能变现快一点

这样我就不会这么辛苦了

让我觉得辛苦的，不是会因为工作压力哭起来，不是因为奇葩合作者把

我气得怒火冲天，不是被恶言恶语为了矜持不能反击

最让我觉得辛苦的

是会对未来失去想象力

按照安全正确的剧本去活

是再也没有什么事情可以让自己呕心沥血掏心掏肺

有些事情你帮不了我

这是我长大之后才明白的

无论你变得多么强大多么想保护我

在每次长途旅行回来之后那种令人绝望的情绪低落

突如其来的噬心的寂寞

被自己的认真和执着伤害

不要苛求自己百分百地罩着我啦

倔强如我

也慢慢学会对某些痛苦逆来顺受

学会用时间去平复和消融

放弃消除，但要努力不放弃自己

只要你这些时候在我身边

虽然我都说"滚远点"

但我知道你在我的"势力范围"内就好

你的脾气变得越来越好啦
可是我还希望你像以前一样想发火就发火
我任性的代价，不希望是你的忍耐
我会为自己的坏脾气买单啊
可是你说：
我就要这样惯着你，让你变得骄纵任性，贪得无厌，颐指气使，自我中
心。然后全天下的男人除了我，再也没有别人受得了你
有点腹黑啊，苏先生。我不会上当

亲爱的苏先生
谢谢你陪我把生活过成了梦想
一天的时间不够抒情
我们把整个九月都黏腻成了甜蜜秀场

从来没有过一生一世永不分离的许诺
一切我们都说好了走着瞧
但永远永远我都会
像当初一面钟情相中你
在办公室里竖起耳朵听别人谈论你
等同事都下班了之后用公司电脑搜索你在网络上留下的每一点痕迹

有人问我你老公这么帅你不担心吗

我倒是真不担心

因为凭借你的挑剔龟毛毒舌处女座

不太可能被一个日常的小女人拿下

我倒是很担心

会命中出现那样一个人

让你无可救药的少年般的心动

爱你的我，怎么忍心抹杀掉这种美好的情绪

怎么办啊怎么办，怎么办啊怎么办

我只好时时祈祷

每一个让你怦然心动的偶遇

想要停下自行车打探一下的美女

仔细一看

都是我

苏豆芽

————

2014 年 9 月 25 日

四季，跟你有关的记忆

2015 年，写给苏先生的情书素材

（一）

夏天再不过去

我可能就会死掉了

有这个念头的时候

我住在思维的黑洞里

这个夏天我间歇性地平静又淡然地想

作为人，活着的那么多甜头我都尝到了

我还有你

爱疼过，又最终圆满

我也报答过父母

在某些领域证实了自己

而我蓬勃的野心，是薛定谔的猫

这些时候我总是侧躺着

用最小的幅度呼吸

也许是不想过多浪费这个世界的氧气

大部分侧躺时的念头

清醒之后自己都觉得无法理解

这个夏天，我知道了什么叫作软弱和恐惧

这是结婚第三年的故事

夜里我害怕，要你抱着睡

很久很久的夜里，我以为你睡着了

你忽然轻轻地说

老婆你快好起来吧，看着太心疼了

我把它当作你的祈祷

（二）

刚换苹果手机的时候

你喜欢录视频，都是我
我在东北老家的客厅里跳蜡笔小新的怎么办舞
我在雪地里跑
穿颜色鲜艳的衣服和鞋子
那时你拍我，我还有些害羞

在我心里
冬天是跟幸福有关的
夏天是寂寞，秋天是忧愁
而春天，一下子就不见了

你的情话都在冬天
你的笨拙也在冬天，更像是爱
春天是机警的安慰
夏天是敷衍的应答
秋天是比我更严重的伤感
你的深情都在冬天

我喜欢大雪封门
我喜欢躺在热炕头上
我喜欢给你盛一碗排骨莲藕汤
我喜欢长夜里举着 iPad 一起看

这是我东北人血液里的

天寒地冻的

我不干别的了

只爱你

苏豆芽

———

2015 年 8 月 10 日

再说一遍：
我愿意

结婚四周年纪念日，给苏先生

我们竟然是一对能共苦的夫妻
这是结婚第四年里，我才意识到的
那之前我以为我们能走到这里
是因为你给了我太多
从生命的一开始我就渴望的
别人却都不以为意的东西
又给了我

那些满足世俗苛刻挑剔的

能让我的父母满足的

结婚第四年里

我的时间停止了

我被裹入了一个黑洞

现在我出来啦

一句话不想再提

除了我骨子里与向死等量的向生力气

你是唯一的光

我们不是一对能同甘的夫妻

这是结婚第四年里，我才意识到的

暗礁在茫茫大海中伫立了一万年

以前我觉得

活着就是努力得到想要的一切

点燃心底的大火

这就是生命的光与亮

三十岁的我才明白

两个人在一起

要制造美好回忆

迷醉与清醒的

在心里标记出那些暗礁

自私的我

从来没有承诺过什么

我只是有行船的勇气

如果我还能活好我自己

我就眼睛明亮

瞬间拥有狂风般的爆发力

我就心存大爱

我就会看你胡闹也会问你疼不疼

结婚第五年了

新的航程也即将开始

我心里不再是一团火

而是时而汹涌时而平静的水面

我希望再往前走的日子里

我们的心里都存着这些句子

那些伤害你的也将伤害我

我愿意或者不愿意替你去疼

就是一切的答案

你愿意或者不愿意

还像个小男生那样为我创造奇迹

就是一切的答案

结婚第五年了，再说一遍：

我愿意

苏豆芽
—————
2016 年 9 月 25 日

﹛ 我爸 ﹜

早上我爸打电话来

兴奋地向我宣布他发了退休金

经历了我妈数次手术治疗之后

一个重新掌握家庭财政大权的男人

大声地告诉我

想买什么就去买

想到哪里玩就去玩

爸给报销

我差不多在同一时间

大笑又流泪

在我的记忆中他从没为钱这么开心过

他只是开心

能重新照顾我

苏豆芽

———

2016 年 10 月 13 日

母亲的孤独

母亲二十多年的糖尿病
使她养成了极为科学的饮食态度
她以此时常呵斥我爸饮酒鱼肉
嫌弃我吃东西挑三拣四
叮嘱苏先生一定要吃好早餐

有一个假日清晨
母亲不死心地拿着血糖仪
给家里的每一个人测试了空腹血糖
包括还在昏睡中的几乎要爆发的我
答案毫不意外
每一个人的测试结果都比她正常

苏豆芽
———
2016 年 8 月 2 日

谁是世界上最爱我的人

只要一想起我妈的爱

总会觉得很具体

她什么都不说什么都不做

我就知道

这促成了我如今看上去还正常的生活

我爸的爱，比较相反

一想起他的爱

什么具体也没有

或者是热烈的眼神

或者是

每一年过年我从家里回来

穿好了鞋子趴在炕上刷手机

等车来接我们

他会用手捏捏我的靴子

问鞋子这么薄啊冷不冷

得到回答以后他还会轻轻捏几下

不再说话

我的心

就像只是被什么神奇的东西轻轻一碰

就敲开了坚硬冰冷的外壳

这促成了那个真实的我

苏先生的爱

啧啧啧

他每日会呓语般地

随时随地说：老婆

一到比较放松的日子

我爱你这三个字

会一天听到十几二十遍

但每一遍，我都觉得是真的

其他人呢

我觉得不能算是爱

你们只是控制不住地

喜欢我这个有趣的人罢了

吼吼吼

苏豆芽

————

2015 年 4 月 11 日

图书在版编目（CIP）数据

我活得任性，所以我也喜欢你任性 / 苏豆芽著 . —
北京：北京联合出版公司，2017.12
ISBN 978-7-5596-1177-2

Ⅰ . ①我… Ⅱ . ①苏… Ⅲ . ①言情小说—中国—当代
Ⅳ . ① I247.5

中国版本图书馆 CIP 数据核字（2017）第 262823 号

我活得任性，所以我也喜欢你任性

作　　者：苏豆芽
策划出品：青橙文化
监　　制：王二若雅
责任编辑：李艳芬
特约编辑：大　风
封面插画：Margaret.lor
内文插画：着　色
装帧设计：车　球

北京联合出版公司出版
（北京市西城区德外大街83号楼9层　100088）
三河市冀华印务有限公司印刷　新华书店经销
字数200千字　880毫米×1230毫米　1/32　9印张
2018年2月第1版　2018年2月第1次印刷
ISBN 978-7-5596-1177-2
定价：39.00元